Am 10.07.1980 in Reinbek geboren, ist **Thomas Tippner** für mehrere Hörspiellabels und Verlage aktiv. Sein gegenwartsliterarischer Roman *Rose* stand zwei Wochen am Stück bei Lovleybooks in der Kategorie „Gedichte und Dramen", auf Platz 1. Auch arbeitet Thomas Tippner eng mit dem dp Verlag zusammen, wo unter dem Pseudonym Nele Hansen seine Romane *Herzklopfen und Meersalz, Meeresrauschen und Inselküsse, Seeluftflüstern* und die Booksnacks *Was ist schon die Zeit* und *Schockverliebt* erschienen. Weitere Romane sind in Planung.

THOMAS TIPPNER

Das Flüstern der Elbe

Erstausgabe September 2023

Copyright © 2023 dp Verlag, ein Imprint der
dp DIGITAL PUBLISHERS GmbH
Made in Stuttgart with ♥
Alle Rechte vorbehalten

Das Flüstern der Elbe

ISBN 978-3-98778-483-5
E-Book-ISBN 978-3-98778-211-4

Covergestaltung: Nadine Most
Umschlaggestaltung: ARTC.ore Design
Unter Verwendung von Abbildungen von
© stock.adobe.com: © 1xpert
shutterstock.com: © matka_Wariatka, © Pawel Kazmierczak,
© Rudmer Zwerver
Lektorat: Astrid Pfister
Satz: dp DIGITAL PUBLISHERS GmbH
Druck und Bindung: Books on Demand GmbH, Norderstedt

Kapitel 1

Schatten im Paradies

Hamburg, Deutschland, damals:

Drei Finger. Es müssen drei Finger einer erhobenen Hand sein, dachte Hans in einem Anflug ehrlich empfundener Panik. Er lehnte sich gegen eine Häuserwand. *Mehr nicht. Drei Finger. Bitte, lass es drei Finger sein, die ich bald sehe.*

Hans, der sein wild schlagendes Herz unter Kontrolle zu bringen versuchte, lächelte. Sein durch ihn hindurchtobendes, ihn innerlich zu zerreißen drohendes, schlechtes Gewissen, schob er beiseite.

Was ihm schwerfiel.

Ungeheuer. Kaum zu beschreiben.

So schwer, dass er die Augen schloss und sich wünschte, all die erlebten Höllen niemals losgetreten zu haben.

Wäre ich schlauer gewesen, dachte er und spürte, wie ihm das Herz zerriss, als er einen kurzen, prüfenden Blick über die beiden neben ihm herstolpernden, aneinandergepressten Kinder schweifen ließ. *Weitsicht-*

iger. Nicht so empfänglich für Überlegenheit, Hochmut und Stolz.

Da war nicht nur der in ihm bohrende Kummer, das Wissen, etwas falsch gemacht zu haben ... in ihm stiegen unentwegt Gedanken auf, die ihn mit Vorwürfen überluden, die ihn in der Nacht heimsuchten, und die ihm zuraunten: *Deinetwegen. Alles ist nur deinetwegen geschehen.*

Du bist schuld.

Hans erschauderte, während er über die ausgebombten Straßen stolperte und die beiden Mädchen dazu anhielt, ihm zu folgen. Er wollte nicht grob zu ihnen sein – nicht, nachdem sie solch einen Horror durchlebt hatten – und musste sie dennoch antreiben, Schritt mit ihm zu halten.

Auch wenn er versuchte, seine befehlenden Worte nicht barsch und herrisch klingen zu lassen, konnte er sehen, wie die Mädchen unter jeder einzeln hervorgebrachten Nuance seiner Aufforderungen zusammenzuckten.

Sie gehen nicht mehr nebeneinanderher, dachte er, während er über Geröll stolperte, und nicht verstehen konnte, wie es so weit hatte kommen können ... dass er nicht mehr an roten Backsteinhäusern im Schutz der aufkommenden Dunkelheit vorbeihuschte, sondern an ausgebrannten, rauchenden Ruinen. Der Geruch nach Qualm stieg ihm ebenso in die Nase, wie der Gestank von geplatzten Abwasserrohren, deren dunkelbrauner, übelriechender Inhalt sich fontänenartig über sie alle ergoss.

Hans erschauderte erneut, als er an die immer wieder aufklingende, jaulende Alarmsirene dachte; daran, wie der hohe, schrille Ton sich ihm in den Verstand bohrte und ihn aus seinem oberflächlichen, seichten Schlaf riss. Wie er dann, wenn er die Augen aufriss, instinktiv nach den beiden Mädchen griff, die dicht gedrängt aneinander schliefen, ihre Angst, ihren Kummer, all ihre ausgestandenen, schrecklichen Erlebnisse in ihren hübschen, dunklen Augen trugen. Augen, wie er bemerkte, in denen Leid zu sehen war, das ihm Magenschmerzen bereitete.

Leid, das ich ihnen zugefügt habe. Das ich verursacht habe. Das meinetwegen …

Er ließ den Gedanken nicht zu.

Hans wollte nichts weiter als hinaus zur Veddel, hin zur von der Waffen-SS konfiszierten BallinStadt. Dort, wo damals die Auswandererbaracken gestanden hatten, von wo aus die Menschen versucht hatten, in die USA zu emigrieren.

„Nicht stehen bleiben", befahl er den beiden Mädchen, die sofort in der Bewegung erstarrten, als die Sirenen erneut ertönten und die trügerische, in die Ferne gerückte Stille markerschütternd durchbrachen.

Weiter, wollte er hinterher schieben, um dann zu merken, wie er klang. Er lächelte schief und verkrampft, als er, in der irrigen Annahme, einfühlsam zu sein, flüsternd sagte: „Wenn wir stehen bleiben, kann es sein, dass einer der Tiefflieger auf uns aufmerksam wird. Das wollt ihr doch nicht, oder?"

Die Mädchen starrten ihn an.

„Das wollt ihr doch nicht, oder?", schob er hinterher, mit einem gereizten, ihm zuwider klingenden Tonfall in der Stimme, den er nicht zurückhalten konnte.

Es kam ihm so vor, als würde der ganze Stress und all die Anspannung in ihm emporschießen; als würde sich all seine empfundene und mit Mühe unterdrückte Angst in ihm Bahn brechen.

Es stand zu viel auf dem Spiel.

Nicht viel, verbesserte er sich in Gedanken, als er in der Ferne den dumpfen Knall einer in einem Wohnblock einschlagenden, aus dem Himmel gefallenen Bombe zu hören meinte. *Alles.*

„Kommt. Bald sind wir in Sicherheit."

Die Mädchen starrten ihn an.

Hans lächelte. „Vertraut mir."

Seine Worte klangen selbst in seinen Ohren hohl und leer. Wie Metaphern.

Warum sollten die Kinder ihm glauben?

Nachdem, was er ihnen bereits angetan hatte?

Unbewusst, schob er in einem verteidigenden Unterton in seinen Gedanken hinterher und wusste, dass die Schuld, die er auf sich geladen hatte, für immer lichterloh und brennend heiß in seiner Seele brennen würde.

„Tötest du uns?", wollte die Ältere, der beiden wissen. Der Blick, den sie ihm dabei zuwarf, das verstörend ängstliche Flackern in den Augen, und um die Lippen herum ein von tief empfundener Furcht gezogenes Grübchen, ließ Hans meinen, sich übergeben zu müssen. Der Klang ihrer Stimme schnitt messerscharf in seine Seele, und die ihm unwillkürlich einschießenden Tränen ließen ihn glauben, an seinem schlechten Gewissen zerbrechen zu müssen.

„Nein", murmelte er, schüttelte den Kopf und streckte die Hand nach dem dunkelhaarigen, ausgesprochen hübschen Mädchen aus, das ihrer Mutter auf erschreckende Art und Weise ähnlich sah. „Das könnte ich nicht“, sagte er und konnte es nicht verhindern, dass seine einst von Hass angestauten, von der Herrenrasse vergifteten Gedanken hinterher schoben: *Nicht mehr.*

„Ich …“, setzte er an, zuckte aber wieder zusammen, als er das ihm ins Unterbewusstsein dringende Pfeifen der vom Himmel fallenden Bomben vernahm. „… will euch retten.“

Die Mädchen starrten ihn an.

„Ich bringe euch in Sicherheit.“

Als er in der Ferne eine sich zwischen dem Schutt und den zerbombten Ruinen abzeichnende Gestalt erkannte, die winkend die Hand hob, atmete er erleichtert auf.

Drei Finger, dachte er. *Es sind drei erhobene Finger …*

***

Beaufort, South Carolina, USA, jetzt:

„Wieder versetzt.“ Kate Speller schüttelte den Kopf, obwohl sie wusste, dass ihre beste Freundin am anderen Ende der Leitung es nicht sehen konnte. „Ich habe einfach kein Glück bei Männern.“

„Weil du dir immer die falschen aussuchst“, hörte sie Olivia sagen und war sich sicher, dass sie das *Klickklack, Klickklack, Klickklack* einer Tastatur vernahm. „Ich habe dir gleich gesagt, dass diese Dating-Apps Bullshit sind, Mäuschen. Habe ich es dir gesagt, oder habe ich es dir gesagt?“

„Du hast es mir gesagt." Kate seufzte, während sie antwortete. Natürlich hatte Olivia sie gewarnt. So, wie Olivia sie immer und vor allem zu beschützen versuchte.

Jetzt, als sie in dem kleinen, muffigen Laden stand, in dem sich die Regale bis zur Decke erstreckten, und sich die einzelnen Fächer unter dem Gewicht der Bücher bogen, kam sie sich haltlos vor.

„Und du hast trotzdem nicht auf mich gehört."

„Nein, habe ich nicht."

„Böse Kate", tadelte Olivia ihre beste Freundin mit einem herzlichen Unterton in der Stimme, der ihr ein wenig Balsam auf die geschundene Seele strich. Sie versuchte, die beklommene Bedrückung, die nach ihr gegriffen hatte, nicht an sich herankommen zu lassen. Kate wollte nicht in dem kleinen, dunklen Verkaufsraum stehen, der von nicht einem Kunden besucht war, und spüren, wie ihr die Tränen in die Augen stiegen.

„Ich mache dich mit einem netten Typen bekannt. Was meinst du? Wir beide, heute Abend, am Strand? Ich habe gehört, DJ Hightower soll auflegen."

Kate wagte nicht zu fragen, wer das war.

„Der hat gerade ein neues Album herausgebracht", plapperte Olivia weiter, während sie ihrer sich im Dauereinsatz befindenden Tastatur offenbar eine Pause gönnte. „Nicht immer mein Musikstil, aber er ist süß."

„Weil du ihn interviewt hast, weißt du das natürlich." Kate schmunzelte.

„Bingo."

„Ich wünschte, ich könnte das auch", gab sie mit einem kurzen, sie durchflutenden Hauch von Eifersucht zu.

„Was?", wollte Olivia wissen.

„Flirten. So zwanglos. Wie du."

„Ich weiß gar nicht, was du immer für Hemmungen hast, Süße. Ich meine, hey, sieh dich doch mal an. Allein wenn du mich aus deinen großen, braunen Augen anschaust, und dabei ein wenig melancholisch lächelst, denke ich mir immer: Scheiße man, wenn ich auf Frauen stehen würde, wäre Kate voll mein Typ."

„Olivia!"

„Was denn? Ist die Wahrheit. Wenn du nur ein wenig mehr aus dir machen würdest, hättest du garantiert an jedem Finger einen Kerl, der mit dir ausgehen will. Wenn nicht sogar mehr. Ich meine, wow, dein Hintern, in einem bis zu den Knien reichenden Rock, dazu eine eng anliegende Bluse oder ein Shirt und die Kerle wissen nicht mehr, wohin mit ihren Blicken."

„Olivia!"

„Was denn?", wiederholte Olivia gespielt genervt, während sie wieder anfing, auf ihre Tastatur einzuhämmern. „Du bist eine kleine, sexy Maus, und zeigst es nicht. Wieso nicht? Du musst doch wissen, was für einen hübschen Arsch du in einer Jeans hast!"

„Ich bin nicht so."

„Wieso nicht?"

„Keine Ahnung." Kate zuckte mit den Schultern. „Brian260381 fand mich offenbar nicht ansprechend, sonst wäre er zu dem Date erschienen."

„Der hat nur Reißaus genommen, weil du das Wort ansprechend benutzt hast", neckte Olivia ihre Freundin und traf Kate damit unbeabsichtigt mitten ins Herz.

Sie spürte, dass Unzufriedenheit einen immer größer werdenden Platz in ihr einzunehmen begann.

Ein sie verfolgender, immer wieder einholender Gedanke daran, dass mit ihr etwas nicht stimmte. So war es in der Highschool gewesen, später auf dem College und auch beim kurz angesetzten Studium, als sie ihren Bachelor of Science in Education erwerben wollte.

Sie hatte immer das Gefühl, nicht zu reichen.

Warum auch immer.

„Mäuschen", riss Olivia Kate aus ihren Gedanken.

„Ja?"

„Der Typ war ein Arsch. Ehrlich. Er weiß nicht, was ihm für eine tolle Frau durch die Lappen gegangen ist. Ich kenne niemanden, der eine Portion Pasta so schnell verputzt wie du. Den Rekord aus der Tonhalle hältst du doch noch, oder?"

„Das ist mir peinlich." Kate kicherte. Sie lächelte erleichtert, weil ihre beste Freundin immer wusste, wie es ihr ging.

„Wer so viel essen kann, muss es ertragen können, dass er darauf angesprochen wird", meinte Olivia, mit einer Heiterkeit in der Stimme, die Kate ausgesprochen guttat. „Aber mal im Ernst, Süße, lass dich von solchen Typen nicht immer runterziehen. Du lernst noch den Richtigen kennen. Beim Kurs für kreatives Schreiben vielleicht, oder ist ..."

„Äh ..."

„Sag bloß nicht ..."

„Es lag mir irgendwie nicht", erwiderte Kate ausweichend und war erleichtert, dass in dem alten Bücherladen das Telefon so antiquiert war, dass sie den Finger um das Kabel wickeln konnte.

„Du warst doch so begeistert davon, als du angefangen hast."

„War ich auch …“

„Aber?“

„Nun, weißt du, also …“

„Lass mich den Satz für dich beenden, ja?“ Olivia räusperte sich, suchte nach den richtigen Worten und redete dann mit verstellt quietschig klingender Stimme, bevor Kate ein Wort des Protests hervorbringen konnte. „… der Dozent hat viel zu viel geredet und Dinge gesagt, die ich mit kreativem Schreiben nicht in Verbindung bringen konnte. Weißt du, ich hatte mir da echt was anderes drunter vorgestellt.“ Olivia veränderte ihre Stimme wieder. „So oder so ähnlich war es, oder?“

Kate schwieg.

„Habe ich also den Nagel auf den Kopf getroffen – mal wieder“, lobte sich Olivia. „Du musst endlich wissen, wohin deine Reise gehen soll. Mäuschen, du wirst in drei Monaten fünfundzwanzig.“

„Danke für die Erinnerung.“

„Gern geschehen. Ist mir immer wieder ein Vergnügen“, erwiderte Olivia, die ebenso schnell das Thema wechseln konnte, wie ihre Finger über die Tastatur flogen. „Die Party heute Abend geht dann klar?“

„Weißt du …“

„Ein Nein wird nicht akzeptiert.“

„Also …“

„Du kommst. Das freut mich“, überfuhr Olivia ihre Freundin und meinte außerdem: „Du ziehst was Enges an. Keine Widerrede. Ich habe dich letztens erst in kurzer Hose und Top gesehen. Du hast viel zu zeigen und die Herren der Schöpfung sollen glauben, sie trifft der Schlag, wenn sie dich sehen. Ich bin um sieben am

Bücherladen. Er schließt doch um sieben Uhr abends, oder?"

„Jepp", bestätigte Kate.

„Cool. Dann bin ich da."

„Aber ..."

„Abers sind scheiße", konterte Olivia.

„In diesem Fall dennoch wichtig."

„Und warum?"

„Weil ich hier nichts Enges anzuziehen habe, das den Herren der Schöpfung die Augen aus dem Kopf springen lässt."

Olivia seufzte und klang übertrieben verzweifelt, als sie murmelte: „Was für ein Glück, dass du mich hast. Ich kenne deine Größe, ich kenne deine Vorlieben – nein, ich kaufe dir bestimmt nichts Langweiliges – und ich weiß, in was du heiß aussehen wirst. Ein Badezimmer gibt es in dem verstaubten Schuppen, in dem du deine Zeit verschwendest doch, nehme ich an?"

„Klein, aber es ist vorhanden."

„Also eine einfache Toilette mit Spiegel an der Wand?"

„Richtig."

Olivia klang hoffnungslos. „Mit dir habe ich einen Fang gemacht. Gut, ich haue hier in der Redaktion so gegen achtzehn Uhr ab. Halte dich bereit, ja? Ich will keine Zeit verlieren. Brian260381 soll begreifen, was für eine Chance ihm entgangen ist, als er dich sitzen gelassen hat. So ein Idiot. Dem werde ich es zeigen."

***

„Wir müssen doch irgendetwas machen können!"

„Und was?"

Viktor wusste es selbst nicht. Während er die Stimme seines Bruders Christian im Ohr hatte, fühlte er sich ebenso hilflos wie verloren. Er hatte gewusst, dass es, um den in einer Seitenstraße liegenden Blumenladen seines Vaters, nicht gut stand, und dass sie unentwegt ums Überleben kämpften. Aber jetzt, wo er den Kummer, ach was, die Angst aus den Worten seines Bruders hörte, kam es ihm so vor, als habe man ihm mit der Faust in den Magen geschlagen.

Seine bisherigen Ideen, die er vorgebracht hatte, waren von seinem Vater und auch von Christian immer wieder abgeblockt und mit missbilligenden Blicken abgelehnt worden.

„Ich hatte ..."

„Wir können es uns nicht leisten, Blumen zu verschenken oder ..."

„Es geht doch nicht um verschenken, sondern um einen Internetversand."

„Auch das Geld haben wir nicht. Weder für die Homepage noch für die erforderlichen Neuanschaffungen, um einen Versand der frischen Blumen zu gewährleisten. Viktor, wir stehen mit dem Rücken zur Wand."

Viktor konnte nichts darauf erwidern. Er schwieg, presste sich das Telefon ans Ohr und nahm den, von einer der Auszubildenden gereichten Ordner mit einem gemurmelten „Danke", entgegen.

„Du bist nicht kreditwürdig?", hörte Viktor seinen Bruder fragen und bekam Magenschmerzen. Bevor er stammelnd eine Antwort herausbringen konnte, wiegelte Christian ab: „Ich habe dich nicht gefragt. Vergiss es.“

Viktor lächelte schief und sagte: „Alter …“

„Ich weiß, war eine dumme Frage.“ Christian seufzte. „Aber seit der Wirtschaftsprüfer im Haus ist, der auch bezahlt werden will, geht mir der Arsch auf Grundeis. Ich weiß, dass er uns sagen wird, dass wir schließen müssen. Scheiße Mann, ich habe doch nichts anderes. Wenn du jetzt sagst …“, fiel Christian ihm ins Wort, „… dass ich ja wie du etwas anderes als Florist hätte lernen sollen, komme ich durchs Telefon und verprügele dich.“

Viktor musste lachen, obwohl ihm nicht danach zumute war.

„Du wolltest es sagen.“

„Anmerken“, verbesserte er seinen Bruder und fügte hinzu: „Mir liegt der Laden genauso am Herzen wie dir, das weißt du. Papa und Mama haben uns zwischen Blumen und Gartenkräutern aufwachsen lassen. Ich will auch nicht, dass der Laden schließen muss.“

„Wäre Mama noch hier …“, murmelte Christian und versetzte Viktor einen Stich mitten ins Herz.

„Ja, ich weiß.“

„… dann wäre alles besser. So viel besser.“

Viktor mochte es nicht, traurig zu sein. Er wollte sich nicht den erdrückenden, sein Herz schwer werden lassenden Gedanken an seine, vorletztes Jahr verstorbene, Mutter hingeben. Er wehrte sich gegen die in ihm aufsteigenden Bilder, an das Krankenhaus, seine im Krankenbett liegende, ausgezehrte Mama. Daran, wie sie mit den Ärzten gesprochen hatten, und diese ihnen mit betont betroffen klingender Stimme sagten, dass weder eine Operation noch eine Chemotherapie das Leben seiner Mutter verlängern, geschweige denn retten könnte.

Der an ihrem Pankreaskopf wuchernde Tumor hatte eine solche Größe erreicht, dass seiner Mutter keine Chance mehr geblieben war.

„Sie hat den Laden zusammengehalten."

„Und wie."

„An Jazmin will ich gar nicht denken. Wie soll ich ihr das bloß beibringen?"

Viktor klemmte sich das Telefon zwischen Schulter und Ohr, begann die ihm gereichten Unterlagen zu studieren und spürte dabei den unangenehmen, heißen Stich von Traurigkeit in seinem Herzen.

Ihm kam seine Arbeit plötzlich albern, klein und unbedeutend vor. Was hatte er davon, dass er Ladung und Löschung kontrollierte, dass er die in Kiel einfahrenden Schiffe checkte und deren Fracht auf Korrektheit prüfte?

Es bringt mir ein sicheres Gehalt, versuchte er sich Mut zu machen, um dann zu merken, wie ihm ein weiterer, ihn schüttelnder Gedanke kam. *Mehr nicht. Es hat dich aus der Familie herausgeschoben.*

Du bist schon lange nicht mehr innig mit ihnen, nicht mehr so dicht an allen dran. Weder an Christian oder an Dad, geschweige denn an Jazmin. Sie hast du beinahe vollkommen aus den Augen verloren.

Bei dem Gedanken an seine dunkelhaarige, liebevolle aber auch zum Aufbrausen neigende Schwester, wurde ihm schwer ums Herz. Sie hatte unter dem Tod ihrer Mutter am meisten gelitten. Es hatte sie in eine

Depression getrieben, die bis heute weder geheilt noch ausgestanden war.

Dabei hatte sie von uns Dreien am stabilsten gewirkt, dachte er und musste sich eingestehen, dass das nicht der Fall gewesen war – im Nachhinein betrachtet.

Ja, sie hatte immer versucht, Zuversicht zu versprühen. Hatte alles in ihrer Macht Stehende getan, um ihrer Mutter das schwindende Leben so angenehm wie möglich zu gestalten. Nur um dann dabei zusehen zu müssen, wie ihre Mama immer magerer, schwächer und ausgezehrter wurde.

Viktor schüttelte den Kopf, als er die Ladungsnummern überflog, die ihm auf seinem Computer angezeigt wurden. „Sag es Jazmin nicht“, meinte er zögerlich, als hätte er Angst vor seinen eigenen Worten. Nur um dann hinterherzuschieben: „Noch nicht.“

Christian seufzte. „Ich werde noch wahnsinnig. Keine Ahnung wie es weitergehen soll. Verdammte Konkurrenz“, fügte er fluchend hinterher.

„Ich mache mir Gedanken, wie wir aus dem Schlamassel wieder herauskommen.“

„Das ist lieb von dir“, sagte Christian, um dann beklommen und heiser zu fragen: „Einen Kredit für uns kannst du wirklich nicht aufnehmen, wenn hier alles den Bach runtergeht, oder?“

***

Beaufort, South Carolina, USA, jetzt:

Kate beneidete Olivia für ihr lockeres, unbekümmertes und freches Auftreten. Damals, als sie sich in der Schule kennengelernt hatten, war Olivia vollkommen anders als die anderen gewesen. Egal, ob es darum ging, wie man sich kleidete, wie man sich benahm, oder was man las oder hörte. Sie hatte nie einen Hehl daraus gemacht, dass sie die meisten ihrer Mitschüler als albern, aufgeblasen und wichtigtuerisch empfand. Sie war sich, was für Kate bis heute unbegreiflich war, immer treu geblieben.

Während sie mit Selbstzweifeln kämpfte und in einem Gespräch den angefangenen Satz unterbrach, hektisch darüber nachdachte, wie er besser klingen könnte, schien es Olivia egal zu sein, was sie wie sagte.

Sie redete einfach drauf los.

Hatte sie das nicht auch einmal gekonnt?

Vor langer Zeit, überlegte sie.

In einem anderen Leben, wie sie jetzt dachte, während um sie herum die beatlastige Musik aus den, neben dem DJ-Pult aufgestellten, Boxen ballerte und ihr unangenehm dröhnend in den Ohren nachebbte.

Als ich dachte, ich würde es zu irgendetwas bringen ... so wie meine Schwester.

Der ihr plötzlich durch den Magen krampfende Schmerz überraschte sie.

Noch nie hatte sie etwas gegen Paris gehabt. Ganz im Gegenteil. Sie hatte die hochgewachsene, sportliche und seit einigen Wochen erfolgreich ihren eigenen Friseursalon betreibende Schwester immer bewundert.

Doch jetzt, wo sie sich in dem hautengen Shirt in der wild zu der Musik tanzenden Menge befand, hatte sie das überraschende Gefühl, irgendwann in ihrem Leben die falsche Abzweigung genommen zu haben.

Als wäre sie durch einen im Nebel liegenden Wald gelaufen, ohne zu merken, dass sie einen Pfad einschlug, der von dichten, kaum zu durchdringenden Spinnenweben überzogen war.

Sie schluckte schwer und schaute irritiert zu der, zwei Bacardi-Cola-Gläser durch die tanzende Menge balancierenden, Olivia, die gegen den Krach anschrie: „Wir können gleich hinter die Bühne gehen."

„Wir sollen blühen gehen?", fragte Kate verwirrt, die das *Bumbumbum* des Basses nicht nur im Magen, sondern im ganzen Körper vibrieren spürte.

„Ja, das auch." Olivia nickte. „Aber Hightower will mir noch einen kurzen Reel einsprechen, für meine Instagram-Wall."

„*Was?*"

„Du sollst trinken!"

„Ich verstehe kein Wort."

„Prima. Machen wir so!"

Olivia prostete der verwirrt lächelnden Kate zu, nippte an ihrem Bacardi und nickte anerkennend. Als Kate einen Schluck nahm, die Augen aufriss und einen Hustenreiz unterdrücke, stupste Olivia sie an und deutete mit einem Nicken in die im Blitzlichtgewitter gespenstisch anzusehende tanzende Menge. „Schau mal."

„Was denn?"

Kate blinzelte, hielt die Luft an und versuchte, zu verstehen, was Olivia von ihr wollte. Diese deutete mit dem ausgestreckten Zeigefinger ihrer linken Hand durch die tanzende, schwitzende und wie hypnotisiert wirkende Masse zu einem, für Kate nicht ersichtlichen Punkt.

„Komm!" Olivia zerrte ihre Freundin hinter sich her. Kate kam nicht dazu, zu protestieren.

Erst als sie sich aus Olivias Griff befreite und sie auf dem aufgeworfenen und unebenen Sand sicheren Halt gefunden hatte, huschte sie ihrer Freundin hinterher. Sie drängte sich an nassgeschwitzten Leibern vorbei und ekelte sich davor, als ein vor ihr tanzender Mann seine behaarten Achseln präsentierte und ein zum Dröhnen des *Bumbumbum* passendes „Yeahhhhh" ausstieß und sie zu berühren drohte.

Sie schob sich hastig weiter. Angetrieben von ihrem Ekel, da sie nasse, schweißige Haut auf ihrer kaum ertragen konnte. Obwohl sie es liebte, ins Schwitzen zu kommen, und nichts erfrischender fand, als nach dem Sport ausgepowert in sich zusammenzusinken, war es ihr ein Graus, den Schweiß anderer abzubekommen.

Auch nicht den von meinen Freunden, dachte sie, als sie sah, wie sich eine blondierte Frau mit den Händen Luft zufächelte.

Während sie den verwirrenden Gedanken hinterher hing, kam es ihr so vor, als habe sie für einen kurzen Augenblick Olivia aus den Augen verloren.

Erschrocken blieb Kate stehen.

Sie ließ ihren Blick über die Masse schweifen, die, während die Blitzlichter einsetzten, um den neu aus den Boxen ballernden Song effektvoll zu untermalen, aussahen, als wären sie abgehackte, fremde Schatten einer ihr unbekannten Welt. Gesichter tauchten aus dem Dunkel des Abendlichts auf, verwandelten sich zu

Bildnissen loser, zusammenhängender Fotografien und ließen Kate schwindelig werden.

Erst als sie die Augen zusammenkniff und sich vor ihr ein hüftbreiter Korridor öffnete, der geradewegs auf das Ende der Tanzfläche zuzuführen schien, entdeckte sie Olivia wieder. Die sich, die Arme vom Körper abgespreizt, den Kopf in den Nacken gelegt, freudig im Kreis drehte.

„Wie bist du da so schnell herausgekommen?", wollte Kate wissen. Sie erreichte Olivia und nippte an ihrem Longdrink. Verwundert stellte sie fest, dass der Lärm der Musik hier kaum zu hören war. Es gab nur das Rauschen des Meeres und das stetige Pfeifen des Windes.

„Ich dachte schon, du lässt mich allein zurück."

„Ich bin einfach gegangen", sagte Olivia schulterzuckend und deutete zum Strand hinunter, zu einer Felsformation, die aus dem Wasser ragte und umspült wurde von weißer Gischt werfenden Wellen. „Komm mit."

„Was …"

„Komm einfach mit", rief Olivia, „ohne immer alles infrage zu stellen."

„Das mache ich doch gar nicht."

„Doch, das machst du, und zwar unentwegt. Oh Mann, jetzt höre ich mich schon an wie du. Ich verbringe eindeutig zu viel Zeit mit dir. Ah, hi."

Kate blieb abrupt stehen.

Sie hatte damit gerechnet, dass Olivia sie nicht aus Jux und Tollerei hierher an den Strand gelotst hatte. Aber sich jetzt hier zu befinden und zu sehen, wie ein hochgewachsener, braunhaariger Mann bis zu den Knöcheln im Wasser stand, irritierte sie. Was zu einer

Steigerung ihrer Verwirrung beitrug, war, dass Olivia zu dem Mann ging und zwei seiner Begleiter mit einem weiteren, locker klingenden: „Hey“, und „Na, wie geht es dir?“, begrüßte.

„Das hier ist Steve. Solo Baby“, meinte sie, während sie auf den braunhaarigen Mann zeigte, und setzte damit in Kate eine Faszination frei. Nur um dann zu merken, dass er zwar gut aussah, aber etwas Künstliches an sich hatte; etwas Aufgesetztes.

„Äh.“

„Aus meiner Redaktion. Er ist Fotograf und hat für mich die letzte Titelstory bebildert. Die, über die Beschmutzung des Kriegerdenkmals. Du weißt schon, die aus dem Bürgerkrieg. Steve macht viele historische Fotostrecken, damals und heute. Der hat es echt drauf. Haben uns köstlich amüsiert, als wir nach zwei kritischen Fragen an den Bürgermeister wegen der Denkmalpflege auf ein luxuriöses Abendessen und einen netten Abend an der Bar eingeladen wurden.“

„War der Hammer“, meinte Steve, in dessen Kinn sich ein Grübchen bildete, das selbst von seinem Dreitagebart nicht verborgen werden konnte. „Hat Spaß gemacht. Du bist Kate?“, wollte er wissen, während seine beiden Begleiter über irgendetwas lachten, was sie sich auf einem Handy anschauten. „Freut mich, dich kennenzulernen.“

„Äh …“

„Sie ist schüchtern“, erklärte Olivia, die einen großen Schluck aus ihrem Glas nahm, und ein „Ahhh“, ausstieß, als sie sich dem im untergehenden Sonnenlicht daliegenden Meer zuwandte. „Einfach zu schön hier.“

„Olivia.“ Kate wusste, dass sich die in ihr aufsteigende Panik wie ein Bild von Munch auf ihrem Gesicht abzeichnete.

„Ja?“

„Auf ein Wort.“

„Geht nicht.“

„Hä?“

„Starre aufs Wasser und liebe es. Hach, Steve könnte den Moment mit seiner Kamera bestimmt wunderbar malerisch einfangen. Vielleicht macht er ja auch ein Bild von dir, wie du dich am Strand rekelst, was meinst du?“

„Ich meine, nicht verkuppelt werden zu wollen.“

„Das wirst du nicht“, versicherte Steve ihr, der ihr so nahegekommen war, dass sie nicht den salzigen, algigen Geruch des Meers in der Nase trug, sondern sein nach einer im Sonnenlicht daliegenden Wiese riechendes Aftershave. „Ich habe keine Lust auf eine Beziehung. Ich will nur ein bisschen Spaß, du auch?“

Kate grinste fassungslos.

„Lass uns spazieren gehen, bevor das Interview beginnt. Lernen wir uns doch kennen.“

„Olivia!“, flehte sie.

„Ich bin immer noch beschäftigt“, flüsterte ihre beste Freundin, und sog genießerisch die Luft ein und schenkte ihr ein freches Grinsen.

***

Viktor fühlte sich getrieben.

Als er von dem Ergebnis der Betriebsprüfung gehört hatte und er nun wusste, wie viele Schulden der Blumenladen seines Vaters wirklich angehäuft hatte, war ihm schlecht geworden. Obwohl er noch am Abend in einer Konferenz gesessen hatte und mit seinem Vorgesetzten über diese und jene Abläufe innerhalb des Betriebes gesprochen hatte, war er nicht bei der Sache gewesen.

Immer wieder waren seine Gedanken zu den bestürzt klingenden Worten seines Bruders zurückgewandert; zu jenen wie erstickt klingenden schrillen Lauten, die ihm jetzt noch, als er bei Jazmin saß, eine Gänsehaut über den Rücken jagten.

Obwohl er mit keinen schlechten Nachrichten zu seiner Schwester hatte kommen wollen, hatte sie ihm angesehen, dass etwas nicht stimmte. Sie hatte ihn mit ihren tiefen, braunen Augen, den wie in ihm in einem Buch lesenden Blicken bedacht, die ihn auf schmerzliche Weise an seine Mutter erinnerten.

Er lächelte schief, deutete auf die auf ihren Knien liegende Zeitschrift und fragte: „Wieder Historie?"

Sie nickte.

„Natürlich."

„Cool."

Viktor kam sich albern vor, weil er kein Gespräch mit seiner Schwester in Gang setzen konnte. Dass da etwas war, das ihn hemmte locker mit ihr zu kommunizieren.

Auch wenn sie beide mehr als sechs Jahre trennten und sie das Nesthäkchen der Familie war, hatte er sich ihr stets nahe und verbunden gefühlt. Sie hatte immer eine Leichtigkeit besessen, die ihn faszinierte und die ihn unwillkürlich ansteckte, und dazu trieb, Dinge zu analysieren, über die er sonst gedanklich niemals gestolpert wäre.

Aber jetzt, wo er wusste, dass das Familienunternehmen kurz vor der Pleite stand, sein Vater vor Kummer nicht in den Schlaf fand und Christian ernsthaft fragte, ob Viktor einen Kredit für den Laden aufnehmen konnte, kam es ihm so vor, als habe sich eine Mauer zwischen ihm und seiner Schwester errichtet. Diese, von dem Kummer des Verlustes gezeichnet, von einem schattenhaften Grau auf dem Gesicht heimgesucht, legte den Kopf schief.

„Es ist ein Artikel über die Nazis in Hamburg.“

„Interessant“, murmelte er und holte tief Luft. „Etwas Neues, was du lernst, oder nur eine Vertiefung deines bisherigen Wissens?“

„Es geht um Häuser und die Art, wie die Männer der Waffen-SS gelebt haben. Wie sie Friede, Freude, Eierkuchen für ihre Kinder zelebrierten, während andere Menschen ihretwegen in Not und Elend gelebt haben.“

„Umgebracht wurden, meinst du.“

„Auch, ja“, sagte Jazmin, in deren dunklen Augen ein Viktor erfreuender Glanz trat. Ein Schimmern, der den dumpfen Glimmer der durch ihren Kopf tobenden Depression für einen klitzekleinen, erleichternden Augenblick vertrieb.

„Über Uromas Schwester steht nichts drin, oder?“, wollte Viktor beiläufig wissen, während er innerlich um die richtigen Worte kämpfte, wie er mit Jazmin sprechen konnte … wie er sie davon überzeugen, ach was, zwingen konnte, wieder im Laden ihres Vaters anzufangen. Weil sie das Zünglein an der Waage war, die die Last verringern würde, Personalkosten stemmen zu müssen.

„Nicht direkt."

Viktor schaute auf.

Jazmin lächelte, bevor sie die Zeitschrift umschlug, knickte, und ihrem Bruder die Fotografie eines alten Hauses zeigte, dessen zur Haustür führende Wege mit einer erschreckenden Geradlinigkeit angelegt worden waren. Deren Beete in solch akkurater, aufeinander abgestimmter Genauigkeit lagen, dass es einem nicht ordnungsliebenden Menschen Magenschmerzen bereitete.

Viktor zuckte mit den Schultern. „Was ist das? Ein Herrenhaus?"

Jazmin sagte: „Wenn mich nicht alles täuscht, ist dies das Haus, in dem Uromas Schwester einst gearbeitet hat und versucht hat, dem langen Arm der Vernichtung zu entgehen."

***

Beaufort, South Carolina, USA, heute:

Die Leichtigkeit war wieder da.

Plötzlich, von einem Moment zum anderen, gesellte sie sich zu ihr. Ob es an dem Kate langsam in den Kopf steigenden Bacardi lag, oder daran, dass Steve es ausgezeichnet verstand, sie zu unterhalten und – ja, sie genoss es – zu umgarnen, wusste sie nicht. Was sie aber wusste, war, dass es ihr zu gefallen begann, zusammen mit Steve am Strand entlangzuspazieren. Sie mochte es, sich anzuhören, wie er sich Perspektiven aussuchte, Lichtverhältnisse studierte, und sein zu fotografierendes Objekt platzierte, damit das in seinem Kopf entstandene Bild Wirklichkeit werden konnte.

Was ihr gefiel, und das ließ in ihr ein kurzes Gefühl der Zuversicht aufsteigen, war die sanfte Berührung Steves an ihrer Hand, als er meinte: „Komm, ich will dir was zeigen."

Er hatte sie nur kurz am Handrücken berührt, und hatte damit bei ihr etwas in Gang gesetzt, das ihr wie ein Elektroschlag unter die Haut gegangen war. Verwirrt von der Tatsache, dass sich ein wohliges Kribbeln in ihrem Magen ausbreitete, hatte sie gesehen, was er ihr zeigen wollte. Keinen kitschig wirkenden, zu Verführungszwecken dienenden langweiligen Sonnenuntergang. Nein, es war ein kaum wahrnehmbares, leises Pfeifen, das von der Felsformation zu kommen schien, an der sie sich vorhin getroffen hatten. Er lächelte sie an – was ihr einen weiteren kribbelnden Moment von weiblicher Vorfreude auf eine womöglich schöne Nacht bescherte – und erklärte: „Der kleine, singende Freund spielt jeden Abend ein anderes Lied."

„Kleiner, singender Freund?"

„Ich habe mir die Freiheit genommen, den Felsen hier so zu nennen", erklärte er und watete, bis zu den Waden ins lauwarme Wasser, das Kates Füße umspülte. Als ihm das Wasser bis zu den Knien reichte und die Feuchtigkeit bis zu den Oberschenkeln seine Jeans durchnässte, blieb er stehen, winkte sie zu sich heran und deutete auf ein zerklüftetes, faustgroßes Loch. „Heute spielt er nur für dich."

„Für mich?", fragte sie skeptisch.

„Hör hin.“

Sie tat es und war überrascht.

Als sie den immer wieder über ihr Gesicht streichenden Wind spürte und sie das Rauschen des Wassers vernahm, war da ein plötzliches, leises Pfeifen in der Luft. Es war zaghaft, so, als wäre die aufklingende Stimme schüchtern. Nur um dann lauter zu werden, angenehmer, einem Zwitschern gleich, das durch den beginnenden Morgen durch friedliche Stille ebbte.

„Schön“, murmelte sie, schloss die Augen und genoss es, was sie hörte.

„Nachdem ich den Mädchen das gezeigt und ihnen gesagt habe, dass der Wind heute ihre Schönheit besingt, haben sie alle mit mir geschlafen.“

Kate, die Steve gegen die Schulter stieß, rief: „Wie billig ist denn das?“, und musste lachen, als er ihr mit spielerisch hochgezogenen Augenbrauen und kussförmigem Mund signalisierte, dass er sie leiden konnte. Sie lachte, watete aus dem Wasser, setzte sich an den Strand und zeigte der auf sie zukommenden Olivia spaßeshalber den Mittelfinger.

„Hau bloß ab.“ Sie schmunzelte, als ihre Freundin, die Arme unter der Brust verschränkt, den Blick verklärt, auf sie zukam. „Mit dir rede ich heute kein Wort mehr.“

„Musst du auch nicht“, sagte diese entspannt. „Es reicht, wenn du mir Steve überlässt.“

Dieser schaute auf die Armbanduhr und fragte: „Jetzt schon?“

„Ich sage es nur ungern, aber ja.“

„Wie schade“, erwiderte er, als er den Kopf drehte, und die im Sand sitzende, ebenfalls hinaus aufs Meer schauende Kate betrachtete. „Ich wäre gerne hiergeblieben.“

„Überrede das launische Miststück doch, uns zu begleiten. Was eigentlich albern ist.“ Olivia erhob heiter die Stimme: „Denn vorhin auf der Tanzfläche hat sie schon zugestimmt.“

„Mit dir rede ich nicht.“

„Steve“, forderte sie ihn auf. „Kommst du bitte?“

Dieser schüttelte grinsend den Kopf. „Ein wenig doof seid ihr beide schon.“

„Sie ist doof. Ich bin niedlich“, meinte Olivia. „Und wenn du das Gegenteil behauptest, buche ich dich niemals wieder als Fotografen.“

„Mensch, was bist du für ein niedliches, freundliches und überhaupt nicht zum Machtmissbrauch neigendes Mädchen. Himmel, sowas wollte ich schon immer mal kennenlernen.“

„Braver Wauwau.“

„Wuff“, machte Steve, und streckte Kate die Hand entgegen, damit diese sie ergreifen konnte.

Kate blieb sitzen, schmunzelte und meinte: „Hätte nie gedacht, dass du so leicht zu manipulieren bist.“

„Arbeit zahlt die Miete.“ Steve seufzte. „Und die muss ich leider Monat für Monat aufbringen, damit dieser sonnengebräunte, muskulöse und den Frauen ausgesprochen gut gefallende Körper ein wenig Erholung findet nach anstrengenden Befehlsempfängen wie diesen.“

„Oh“, machte Kate und verzog spöttisch das Gesicht. „Mit Worten kann er auch noch.“

„Aber nur, wenn sie sich um mich drehen", versicherte er mit erhobenem Zeigefinger. „Also? Kommst du mit?"

„Sag der da, dass ich gewillt bin, darüber nachzudenken ..."

„Ah ..."

„... wenn sie mir verspricht ..."

„Natürlich gibt es einen Haken."

„... mich niemals wieder verkuppeln zu wollen, ohne mich vorher zu warnen. Machst du das für mich?"

„Äh ... klar."

„Bellst du auch für mich?"

„Wuff!"

Kate lachte und erhob sich widerstrebend von ihrem Platz, der sie geradewegs hinaus auf das Meer schauen ließ. Dorthin, wo sich die Wellen nach und nach auftürmten. Sie genoss das ihr an die Ohren dringende Rauschen. Sie lächelte, als sie das auslaufende Wasser dabei beobachtete, wie es dicht vor ihren Zehenspitzen kurzweilig zum Stehen kam und dann, ebenso majestätisch wieder zurückfloss.

Sie wollte hierbleiben, die vergehenden Sonnenstrahlen dabei betrachten, wie sie über einzelne Wellenkämme sprangen. Sich nur entspannt fühlen. Doch in diesem Moment begann es, in ihrer Rockseitentasche zu vibrieren. Während sie ihr Handy hervorholte, hörte sie, wie Steve ansetzte zu sagen: „Kate lässt dir ausrichten ...", um dann nichts mehr zu hören.

Es war ihre Mutter, die anrief.

Verwundert darüber, dass sie sich meldete und dass an einem Wochentag, bemerkte Kate einen ziehenden

Schmerz in ihrem Magen. Sie hörte sich wie aus weiter Ferne sagen: „Ja?“

„Schatz“, begrüßte sie ihre Mutter mit solch weicher, melodischer Stimme, dass Kates Magenschmerzen zu Krämpfen wurden.

„Was ist los, Mom?“

Kate wurde blass.

Sie starrte entsetzt ins Nichts und hörte Olivia dumpf fragen: „Was ist los, Süße?“, und war sich dann nicht mehr sicher, überhaupt irgendetwas gehört oder gesehen zu haben.

***

Husum, Schleswig-Holstein, Deutschland, damals.

Viktor mochte seine Oma. Sehr sogar. Er liebte es, durch den feinsäuberlich angelegten Garten über die Gehwegplatten zu laufen, von der die eine in der Mitte des Weges unter seinen Schritten nachgab. Dazu kam der ihm immer in die Nase steigende, seinen Hunger – um nicht Gier sagen zu müssen – anheizende Duft nach dem von Oma Gerda frisch gebackenen Erdbeerkuchen.

Während sein älterer Bruder Christian, würdevoll, sein He-Man Schwert mit sich tragend, auf den Eingang zuging, in dem Oma stand und wartete, lief Viktor, so schnell er konnte. Er rannte und kam sich dabei vor, wie Speedy Gonzales, die schnellste Maus aus Mexiko. Er stieß das für die Cartoon-Maus typische: „Arriba, andale! Andale!“, aus und stürmte an seinem Bruder vorbei.

Das von seiner Mutter ausgestoßene „Schatz, nicht immer so schnell" ignorierte er beflissen, genauso wie er das Quengeln von Jazmin ausblendete, die auf der Fahrt von Kiel hierher, eingeschlafen war.

Was ihn bei seiner Oma immer störte und erschreckte, um ehrlich zu sein, war die nicht angekündigte Gegenwart seiner Urgroßmutter. Jener schmalen, fast schon dürren Frau, deren faltiges, verhärmtes Gesicht nie zu lächeln schien. In dem er nur selten eine Spur Freude, geschweige denn Zufriedenheit sehen konnte. Immer wenn er sie sah, wenn er sie begrüßte, und sie ihm einen Kuss auf die Wange presste – weil man das eben so machte – hatte das etwas Hartes, Unnachgiebiges an sich.

Und war ihm gerade eben noch vor Freude ein Schrei entwichen, und hatte er dem puren Verlangen nach Erdbeerkuchen nachgegeben, so erloschen jetzt all diese Gefühle in ihm. Da war eine schier endlose Leere in ihm, die ihm zuflüsterte, ach was, zuraunte, dass sie sich wieder über nichts anderes, als die Vergangenheit unterhalten würden. Über das, was damals geschehen war, als die Familie aufgrund von Hunger und Krieg aus Hamburg geflohen war. Hinaus ins ländliche Schleswig-Holstein, zu den Stränden und den abgelegenen Bauernhöfen in Friesland, wo man hoffte, dem Terror und der Angst entkommen zu können.

Viktor, der vor seiner Oma stehen blieb und an ihr vorbei zu deren Mutter schaute, brachte ein kurzes, abgehacktes, erstickt klingendes „Hallo", hervor und wusste nicht, wie er sich verhalten sollte.

„Hallo, mein Schatz", sagte seine Oma, beugte sich zu ihm hinunter, streichelte ihm über die schwarzen, für seine Familie typischen Haare, und gab ihm ein liebevolles, nach Pfefferminztee und Lippenbalsam riechendes Küsschen. „Bist du wieder wild?"

„Ich bin Speedy", rief er, machte mit den Füßen hastige, trippelnde Schritte, während er mit den Armen rasende, vor und zurückschnellende Bewegungen vollführte. „Die schnellste Maus aus Mexiko."

„Das ist ja fantastisch!"

Später, in den Momenten, wenn er allein war, und sich an seine Oma erinnerte; daran, wie gerne er bei ihr gewesen war und seine Zeit mit ihr verbracht hatte, schmunzelte er. Nicht, weil sie ihn in seinem Tun unterstützt und ihm gesagt hatte, wie schön sie es fand, dass er spielte, sondern, weil sie keine Ahnung hatte, wovon er redete.

Und dennoch alles dafür tat, damit ich mich in ihrer Nähe wohlfühlte.

In dem Moment, wo er vor ihr stand, keine acht Jahre alt, fühlte er sich voll und ganz von ihr bestätigt. Er sah keinerlei Grund darin, ihr zu erklären, wen er verkörperte, und warum er sein wollte wie Speedy. Er war es einfach. Er rannte los, brüllte: „Arriba, andale! Andale!", und flitzte über den feinsäuberlich geschnittenen Rasen, sprang über Blumenbeete und das von Opa angelegte Kürbisfeld.

Erst am Nachmittag, als sie alle gegessen hatten, jeder sich auf Liegestühlen oder der erst vorgestern von Opa frisch gestrichenen Bank niedergelassen hatten, kam es zu den üblichen, langweiligen Gesprächen, die seine Uroma immer in Gang brachte.

Viktor, der sich nicht eine Sekunde für das Gewäsch interessierte und eher seinem Bruder das Plastikschwert wegnehmen wollte, um zu verhindern, dass dieser sich wieder in den Stärksten der Starken verwandelte, bekam nur am Rande mit, worüber die Erwachsenen redeten.

Über ein altes Landhaus, draußen in Kirchwerder – wo immer das auch sein sollte. Darüber, wie Uromas Schwester Carmen dort gearbeitet hatte und dann verschwand. Dass Uromas Familie es in den Wirrungen der Hochzeit der Verfolgung geschafft hatte, aus dem Hamburger Umland zu fliehen.

Dabei zeigte sie wieder diese alten, Viktor nicht eine Sekunde interessierenden Landschaftsaufnahmen herum, deutete auf irgendwelche nie kennengelernte Menschen und redete von ihnen, als würde es sie noch geben. Dabei nahm ihre Stimme einen wehmütigen, schweren Klang an, der ihm auch Jahre später nicht mehr aus den Ohren gehen wollte.

Ein Klang von ernster, ehrlich empfundener Trauer, die ihm als Kind nicht nahe gegangen war; die ihm befremdlich erschien, während er nichts anderes gewollt hatte, als zu spielen, zu rennen und sich mit allem auseinanderzusetzen, nur nicht mit der Vergangenheit.

Dennoch schnappte er einen Fetzen der Unterhaltung auf, als er zu seiner Mutter an den Tisch gelaufen kam; sie ihm eine verschwitzte, schwarze Haarlocke aus der Stirn wischte, und zu ihm sagte: „Nicht so hastig. Du verschluckst dich noch."

„Durst", keuchte er und trank gierig den mit Wasser vermengten, frischgepressten Apfelsaft.

„Hier hat sie geschuftet und geackert und ist dann von einem Tag auf den anderen verschwunden", hörte er seine Uroma sagen, die jetzt ein Bild auf den Tisch legte, das ihm ein Haus mit akkurat angelegten Beeten und einem feinsäuberlich arrangierten Steinweg zeigte.

Dann war er auch schon wieder weg vom Tisch, hinein in den Garten gelaufen, die Worte seiner Uroma im Ohr, die flüsternd voller Gram sagte: „Bis heute weiß ich nicht, was mit ihr und ihrer Familie geschehen ist und wo der Familienschmuck geblieben ist ...“

***

Beaufort, South Carolina, USA, heute:

„Ich kann mir nicht vorstellen, dass er tot sein soll“, meinte Kate, als sie auf dem Fußboden des alten Hauses saß, in dem sie als Kind schon gesessen und gespielt hatte. „Ich meine, Great Grandpa war immer da. Egal, was los war.“

„Der Lauf der Zeit“, murmelte ihre Mutter, die Kate eine dunkelbraune Haarsträhne aus der Stirn wischte, sie tröstend anlächelte und obwohl sich ihr Alter angefangen hatte in ihrem Gesicht niederzuschlagen, ausgesprochen hübsch war. Da war kein kümmerlicher Versuch zu sehen, ihr wahres Geburtsjahr zu verheimlichen, geschweige denn zu verbergen. Sie stand dazu, dass sie auf Mitte fünfzig zuging. Ihr war es gleich, dass sich weiße Strähnen in ihrem pechschwarzen Haar abzeichneten und sich Falten um ihren Mund herum bildeten. Sie trug eine moderne, ihr schmales Gesicht betonende, rahmenlose Brille und sah in ihrem T-Shirt jugendlich fit aus. Hinzu kam noch, und das hatte Kate schon immer bei ihrer Mutter geliebt, dieses verschmitzte, liebenswürdige Lächeln in ihrem

Mundwinkel, das aussah, als habe sie das erste Mal einen Kuss bekommen. Es war ein immerwährender, freundlicher, zum Blödsinn neigender Glanz in ihren Augen, der mit Leichtigkeit ihr schmal geschnittenes, mit weichen Konturen und hoch angesetzten Wangenknochen versehenes Gesicht zur Geltung brachte.

„Er soll friedlich eingeschlafen sein", erzählte ihre Mutter, während sie Kate über die Haare strich, sie anlächelte, und ihr ein Gefühl von Geborgenheit schenkte, das sie in ihrer Kindheit, abgöttisch geliebt hatte.

Da waren plötzlich die Erinnerungen an den Samstagmorgen. Während sie in ihrem My little Pony-Pyjama auf leisen Sohlen ins Wohnzimmer schlich, eine Schüssel Cornflakes in der Hand, sich heimlich den Fernseher anmachte, und die Gummibären-Bande, Bravestar und He-Man and the Masters of the Universe guckte.

Ebenso war da das Wissen, dass ihre Mutter kurz nach neun Uhr zu ihr kommen würde, sie ihr eine Haarsträhne aus der Stirn wischte – so wie eben – sich vorbeugte und ihr ein Küsschen auf die Wange gab und flüsterte: „Mach mal den Fernseher aus, Maus. Paris und Dad haben schon den Tisch gedeckt. Wir wollen frühstücken."

Sie lächelte milde, während sie das schwere, in Leder eingeschlagene Fotoalbum auf den Knien liegen hatte.

Die Wirklichkeit schien plötzlich einen Schritt zur Seite gemacht zu haben.

Da waren nicht nur Erinnerungen und Eindrücke, nicht nur das Wissen, dass ihr Urgroßvater einmal gelebt und sie in den Arm genommen, ihr den Kopf gestreichelt oder ein Küsschen auf die Stirn gegeben hatte. Nein, es war, als konnte sie ihn wieder sehen. Als würde sie grüßend die Hand heben, während er am Eingang seines Hauses stand, schwer auf einen Gehstock gestützt, dass ihm fast ausgefallene, spärliche graue Haar wie eh und je zurückgekämmt.

Sein Geruch ist in meiner Nase, dachte sie, während ihre Hand erneut über den ledernen Einband des Fotoalbums strich. *Als wäre er niemals weggewesen.*

Ich meine selbst seine Stimme noch zu hören.

„Komm", riss ihre Mutter Kate aus ihren Gedanken. Sie schaute auf, legte den Kopf schief und erntete das zauberhafteste Lächeln, das sie jemals von ihrer Mutter geschenkt bekommen hatte. „Gehen wir nach oben."

„Von oben nach unten vorarbeiten", sagte Kate und seufzte, als sie das Album aufschlug. „Das hat Uropa immer gesagt."

„Hat er." Ihre Mutter seufzte ebenfalls, als sie sich in dem geräumigen Wohnzimmer umschaute. Sie strich mit den Fingerspitzen über die schwere, rustikale Kommode. Kate sah, dass ihre Mutter die Bilder seiner beiden Töchter betrachtete, sowie die Fotografien seiner Enkel- und Urenkel.

„Einfach einschlafen", sagte Kate, die die erste Seite des Albums anschaute, auf der ein adretter Mann zu sehen war, der mit seinen Kniehosen, dem gestärkten Hemd, der Weste und der verwegen auf dem Kopf getragenen Mütze etwas Charmantes und Liebenswertes besaß.

Wenn da nicht immer der harte Zug um seine Lippen gewesen wäre, dachte sie und sah, dass ihre Mutter vor dem Bild ihrer Tante stehengeblieben war, es musterte und mit der Fingerspitze über die Fotografie fuhr.

„Zum Glück muss sie es nicht mehr miterleben, dass Opa gegangen ist", meinte Kates Mutter. „Es hätte sie zerbrochen."

„Tante Mary fehlt mir auch, mit ihrer stillen, in sich gekehrten Art. Weiß Oma es schon?"

Kates Mutter zuckte mit den Schultern. „Schon, ja. Aber ob sie es verstanden hat ..."

„Irgendwie bestimmt schon."

„Irgendwie, ja", sagte sie betrübt und fragte: „Wollen wir?"

„1945 ist dieses Bild gemacht worden. Was für eine lange Zeit von damals bis heute." Kate schüttelte den Kopf. „Kann man sich gar nicht vorstellen, oder? Opa ist über hundert geworden. Das hat er sich selbst nicht erträumt, oder? 1922 geboren."

„Und mit dreiundzwanzig hatte er schon zwei Töchter."

„Er hatte es eilig." Kate schmunzelte.

„Dabei war er immer ein so besonnener und ruhiger Typ."

„Wenn die Hormone erst mal sprießen."

„Kate!" Ihre Mutter lachte glockenhell, sodass Kate merkte, wie erneut Liebe in ihr aufstieg. „So kennt man dich ja gar nicht. Doppelzüngigkeit ist doch Paris Spezialität."

„Stille Wasser sind tief", erwiderte sie schmunzelnd, strich erneut über die Fotografie und fand, dass ihr Urgroßvater auf dem Bild, in New York, wo er am Hafen stand und darauf wartete, vorgelassen zu werden, um

Papiere und Dokumente bei den Mitarbeitern der Einreiseverwaltung abzugeben, besorgt aussah.

So, als würde er nicht wissen, was als Nächstes passieren würde.

„Lass uns", riss ihre Mutter sie aus ihren Gedanken. Einen Gedanken, der jetzt erst in ihr in Bewegung zu geraten schien. Der, in diesem Augenblick eine überraschende Wendung in ihr nahm, die sie sich kaum erklären, geschweige denn benennen konnte. Ihr war nur bewusst, dass sie innerlich stutzte, während sie das Bild betrachtete, und sich gedanklich den Satz ihrer Mutter durch den Kopf gehen ließ. *„Und mit dreiundzwanzig hatte er schon zwei Töchter."*

Was sie plötzlich daran störte, wusste sie nicht. Sie schaute auf, blickte zu ihrer Mutter und fragte: „Wie alt war Opa, als er der Vater von Tante Mary wurde?"

Ihre Mutter zuckte mit den Schultern, blinzelte und nahm den Blick von den auf der Kommode stehenden Bildern. „Keine Ahnung. Zwanzig oder so."

„Mary sieht auf dem Bild hier nicht so aus, als wäre sie drei", meinte Kate, die eine andere Fotografie betrachtete. Eine Frontalaufnahme ihrer Tante, die in ihrem langen Überrock, der schief auf ihrem Kopf sitzenden Mütze und den abgetragenen, braunen, bis unter die Knie gebundenen Stiefeln ebenso ausgezehrt und müde wie ihr Vater aussah. „Sie ist älter. Bestimmt sieben oder acht."

„Dann wäre Opa aber sehr früh dran gewesen", entgegnete ihre Mutter, die sich, wie alle aus der Familie, nie ernsthaft Gedanken über ihre Herkunft gemacht hatte.

Kate erinnerte sich daran, dass sie ab und zu darüber gesprochen hatten, lockere, haltlose Floskeln austauschten, dass in ihren Adern deutsches Blut floss, mehr nicht. Und wenn sie ihren Urgroßvater auf seine Vergangenheit angesprochen hatte, hatte dieser sich stets bedeckt gehalten, ihr die Hand auf den Unterarm gelegt, sie angelächelt und gemeint: „Es ist schon so lange her."

Mehr nicht.

Jetzt kam es ihr so vor, als lüftete sich das erste Mal in ihr ein mit Mühe geschlossen gehaltener Vorhang. Als gestattete sie es sich, das zu hinterfragen, was ihr als Kind, Jugendliche und Frau schon immer unter den Nägeln gebrannt hatte.

„Du weißt doch, wie er war. Er hatte schon immer seine Pläne und Ideen."

„Als Jugendlicher Vater werden?"

Ihre Mutter zuckte mit den Schultern. „Mary und Oma sind oder waren nun mal auf der Welt."

Kate fühlte in sich ein merkwürdiges, nur selten in ihr zum Vorschein kommendes Gefühl der Sturheit aufkommen. Es war nicht typisch für sie, aber in ihrem Innersten sträubte sich etwas, diese Erklärung hinzunehmen.

„Wir haben nie wirklich was über unsere eigene Vergangenheit erfahren", meinte sie. Kate blätterte weiter in dem alten Fotoalbum. Sie betrachtete die Fotografien. Sie ignorierte, dass ihre Mutter anfangen wollte, sich eine Übersicht von dem zu machen, was sie behalten und was sie wegwerfen konnten.

Das Haus, in dem ihr Großvater die letzten sechzig Jahre seines Lebens verbracht hatte, in dem er

Familienfeiern ausgerichtet, sich an dem Erwachsenwerden seiner Enkel und Urenkel erfreut hatte, kam ihr vertraut und gleichzeitig fremd vor. Als wäre sie mit offenen Augen, aber ohne zu sehen, hier entlanggelaufen.

„Wir wissen, dass wir aus Deutschland stammen, das reicht doch, oder nicht?"

„Findest du?"

Ihre Mutter nickte und gab dann, lachend und beschämt zu: „Ich kann dir nicht mal mit Bestimmtheit sagen, wo Deutschland überhaupt liegt. Zeig mir eine Weltkarte und ich kreise nur mit dem Finger über Europa und werde dann bestimmt noch irgendwo in Afrika landen."

„Mama." Kate lachte, als sie das hörte.

„Kannst du denn genau sagen, wo Deutschland liegt?"

Kate schüttelte den Kopf und spürte die sie gern heimsuchende Unsicherheit. Sie fühlte sich plötzlich schmerzhaft an die Worte ihres Lehrers aus dem Schreibkurs erinnert. Der ihr mit seiner hässlichen, wie ein Vorwurf prangenden, in rot gehaltener Handschrift an den Rand ihrer verfassten Geschichte geschrieben hatte: *Nur über das schreiben, was man auch kennt.*

Es kam ihr so vor, als könnte sie seinen tadelnden Blick erneut sehen. Als schüttelte er den Kopf, um ihr dann zu sagen, dass sie es sein lassen sollte, sich über Dinge Gedanken zu machen, von denen sie keine Ahnung hatte.

Kates Unsicherheit kehrte abrupt zu ihr zurück.

Sie klappte das Fotoalbum zu, nachdem sie einen letzten Blick auf eine Schwarz-Weiß-Fotografie geworfen

hatte, die ihr eine weite, flache Landschaft zeigte, in der
ein wuchtiges Haus in der Ferne zu sehen gewesen war,
dessen auf den Eingang zuführende Wege feinsäuberlich mit Steinen begrenzt worden waren. Dessen Beete
so herrisch akkurat anzusehen waren, dass es ihr Magenschmerzen bereitete.

*Weil es meiner Art chaotischen, ungeordneten Per-
sönlichkeit widerspricht?*, fragte sie sich und seufzte
wieder.

„Nein, ich weiß nicht genau, wo Deutschland liegt",
gab sie ehrlich zu und fand, dass sie mit dieser Aussage
ausgesprochen dumm wirkte.

*****

„Was hast du denn zurzeit immer mit Uropa?", wollte
Paris wissen, die – wie immer – bezaubernd schön in
Kates Augen war. Nicht nur, dass ihre schwarzen, locki-
gen Haare in einem natürlichen, beinahe unbegreifli-
chen Glanz schimmerten; sie unterstrichen das Braun
ihrer vor Lebensfreude schimmernden Augen.

*Die sie mit einem Eyeliner noch mehr betont, indem
sie einen kaum wahrnehmbaren Strich in ihre äußeren
Augenwinkel setzt,* dachte sie schmachtend und wollte
nicht im Entferntesten daran denken, wie sie in ihrer
schlabbrigen Jogginghose und dem losen, zwei Num-
mern zu großen Sweater aussah. *Sie schafft es mühe-
los, hübsch zu sein. Lebensfroh. Ein Ausbund an Fröh-
lichkeit, während mir ...*

Sie dachte ihren Satz nicht zu Ende, denn sie wollte
nicht wieder in die enge Gedankenspirale fallen, in der

sie sich die letzten Tage ununterbrochen befunden hatte.

Jetzt, wo Paris vor ihr stand, diese ihre schlanken Hände in ihre ebenso schmalen Hüften stemmte, war es ihr ein Bedürfnis gewesen, über Uropa zu sprechen. Darüber, was sie in den letzten Tagen alles meinte, herausgefunden zu haben.

Sie zuckte mit den Schultern, bevor sie sagte: „Keine Ahnung, er interessiert mich halt."

„Aber was er gemacht hat, bevor er in die USA kam, kann ich dir beim besten Willen nicht sagen", meinte Paris, die an ihrer eng anliegenden Bluse zupfte, und einen weiteren, kurzen Stich der schwesterlichen Eifersucht in Kate aufsteigen ließ.

Was total bescheuert ist, dachte sie und musste wieder an Olivias liebevoll gewählten Worte denken. Daran, wie diese sie gelobt hatte, und meinte, Kate sähe bezaubernd aus, in eng anliegenden Kleidern. *Ich kann ebenfalls eine weiße Bluse tragen, die meine Brust eng umschließt. Ebenso kann ich die Bluse lässig über meinen Po fallen lassen, während ich sie mir vorne hinter den Gürtel stecke.*

So sieht jede Frau schön aus.

„Oma hat auch nie was dazu gesagt, oder?", riss Kate sich selbst aus ihren Gedanken.

Paris zuckte mit den Schultern. „Ich habe wirklich keine Ahnung. Hast du Mama das schon mal gefragt?"

Kate nickte. „Ja, natürlich."

„Und die weiß auch nichts?"

Kate schüttelte den Kopf. „Überhaupt nichts. Sie meint, er wäre Ingenieur oder so etwas in der Art gewesen. Auf jeden Fall hat er hier in Beaufort in einer der zahlreichen Fabriken gearbeitet. Aber in Deutschland“, sie verzog das Gesicht. „Keine Ahnung.“

„Warum interessierst du dich überhaupt jetzt so sehr dafür?“, wollte Paris wissen, die in das Haus getreten war, und zur Begrüßung gerufen hatte: „Bin da. Hey, Mom, hey Dad!“

Kate zuckte mit den Schultern und erwiderte: „Es interessiert mich einfach. Ich habe in seinem alten Fotoalbum geschmökert und einige frühere Dokumente von ihm gefunden. Deshalb.“

„Was denn für Dokumente?“

„Die Einreisepapiere und Ähnliches. Von ihm und Oma und Tante Mary.“

„Und das lässt dich fragen, was er früher in Deutschland gemacht hat?“

„Es hat mich neugierig werden lassen, weil er gar keinen deutschen Namen hat.“

Paris lachte, als sie die Treppe zum Dachboden hinaufging, und hörte, wie ihre Eltern miteinander redeten. „Die haben früher doch alle ihre Namen geändert. Speller war damals bestimmt ein Springer oder so.“ Bei dem Wort, das ihrer Schwester schwer über die Lippen kam, musste Kate unwillkürlich lachen.

Es erinnerte sie daran, wie sie früher mit Oma zusammen im Garten gesessen, Limonade getrunken und versucht hatten einige Brocken deutsch zu sprechen.

Was ihnen nicht gelungen war. Ganz und gar nicht. Die Sprache ihrer Vorfahren war für sie ein Buch mit sieben Siegeln gewesen. Unzerbrechlich. Nicht zu öffnen. Für immer verschlossen.

„Ich weiß ja nicht", sagte Kate, die ihrer Schwester die Treppe hinauf folgte, und hörte, wie ihr Vater verwundert sagte: „Da ist noch ein Etui hinter der Wand."

„Verrückt", meinte ihre Mutter mit einem Ton in der Stimme, den Kate bei ihr nur aus Situationen ehrlicher Verblüffung und des Unglaubens kannte. „Warum hat Opa die denn hier so sorgsam versteckt?"

„Das weiß nur der Himmel", entgegnete Kates Vater, mit seiner tiefen, brummenden, liebevollen Stimme, der sie als Kinder immer und auch als Erwachsene gerne lauschten. „Alte Menschen sind sonderbar. Das muss dir an dir doch auch schon aufgefallen sein."

Kates Mutter lachte, bevor sie mit Spaß in der Stimme sagte: „Werde ja nicht frech."

„Niemals", entgegnete ihr Vater. „Lass mich mal machen. Nicht, dass du dich noch verletzt."

„Erwacht da etwa der Gentleman in dir?"

„Der hat niemals geschlafen", konterte ihr Vater. „In deiner Sonderbarkeit ist dir das nur nie aufgefallen. Geh mal einen Schritt zurück", bat er seine Frau, die wie ein verliebtes Mädchen kicherte. Und in Kate Erinnerungen empor spülte, die ihr deutlich machten, wie liebevoll ihre Eltern immer miteinander gewesen waren. Dass sie untereinander scherzten, dass sie sich gernhatten, sich zeigten, wie man eine lange Zeit miteinander verbringen konnte; egal wie schwer es manchmal war, über Berge zu klettern oder Klippen zu umschiffen.

„Hast du es?"

„Ja, gleich."

Als ihr Vater das von Staub bedeckte, schwarze, lederne Etui hinter den losen Brettern hervorholte, traten Paris und Kate zu ihren Eltern auf den Dachboden. Während ihr Dad keinen Blick für seine Töchter übrig hatte, war es die verschwitzte, ihre wirren, schwarzen Locken aus der Stirn wischende Mutter, die ihre Kinder mit einem herzlichen Lächeln begrüßte.

„Vielleicht hat der alte Schlingel in Wertpapiere investiert und macht uns jetzt noch zu reichen Leuten", mutmaßte ihr Vater, der sich seit geraumer Zeit wieder einen, sein rundes Gesicht betonenden, von grauen Haaren durchzogenen braunen Vollbart stehen ließ.

„Du schon wieder", sagte Kates Mutter kopfschüttelnd, während sie Paris in den Arm nahm und dieser ein Küsschen auf die Wange hauchte. „Hallo, mein Schatz."

„Was denn?", verteidigte ihr Vater sich. „Kann doch sein."

„Wenn du jetzt noch mal sagst, dass Opa sonderbar war, bekommen wir Ärger."

„Das würde ich mich nur trauen, über dich zu sagen", erwiderte ihr Vater jungenhaft grinsend.

„Opa hat Verstecke hier oben gehabt?", wollte Paris wissen, die sich auf dem Dachboden umschaute, und ebenso wie Kate vor ihr, von den vielen Kisten, Regalen und lose gestapelten Büchern wie erschlagen wirkte.

„Scheint so", murmelte ihr Vater. „Er hat versucht, alte Bilder und Ähnliches zu verstecken."

„Alte Bilder?"

Kates Dad nickte. Er hatte das Etui geöffnet, es aufgeschlagen und die in die für Fotos vorgesehene Öffnungen gegriffen. „Hier, seht mal."

„Warum versteckt er denn solche ollen Bilder?", wollte Paris enttäuscht wissen, die einen flüchtigen

Blick auf die Fotografien warf, bevor sie diese an ihre Mutter und Kate weiterreichte.

„Darum", murmelte Kate, die ein Foto anstarrte, von dem sie im ersten Moment glaubte, sich versehen zu haben ... von dem sie hoffte, es wäre eine Fälschung ... eine Fotomontage, irgendetwas, dass das fest in ihr verankerte Bild eines liebenswerten alten Mannes nicht mit solch einer Macht ins Wanken brachte, wie es ihr gerade widerfuhr.

„Das kann nicht Uropa sein", flüsterte sie entsetzt, schaute auf, blinzelte und richtete ihren Blick dann erneut auf das Bild in ihrer zu zittern beginnenden Hand. „Er darf nicht ..."

***

Kiel, Schleswig-Holstein, vor einem Jahr:

„Das ist völliger Blödsinn", meinte Christian, der gerade dabei war, E-Mails abzurufen und es nicht für nötig hielt, über den Rand des Bildschirms zu seinem kleinen Bruder zu schauen. „Und das weißt du."

„Das können wir doch nicht wissen", entgegnete Viktor, hielt die von Jazmin entgegengenommene Zeitschrift in die Höhe und deutete mit dem Finger auf die, auf der ganzen Seite abgedruckten, Fotografie. „Ich meine, Uroma hat immer von diesem Haus gesprochen und dass ihre Schwester dort verschwunden ist."

„Aber überleg doch mal", sagte Christian in einem Viktor wütend machenden, Verständnis aufbringenden Tonfall. „Wenn an deiner Idee wirklich was dran sein sollte; meinst du nicht, irgendein Historiker hätte sich dann schon mit Uromas Schwester eingehender auseinandergesetzt?“

„Weißt du, wie lange es dauert, die Gräueltaten der Nazis aufzudecken und die damit verbundenen Schicksale zu rekapitulieren? Es wird immer schwieriger, denn die Zeitzeugen sterben doch nach und nach aus.“

„Viktor ...“, setzte Christian wieder an.

„Christian“, fiel Viktor seinem Bruder ins Wort. „Denk doch einmal in Ruhe darüber nach. Ganz genau und mit logischem Verstand.“

„Der sagt mir, dass du einen an der Waffel hast.“

„Ich will nur nicht unseren Laden mit einem weiteren Kredit belasten“, gab Viktor offen und ehrlich zu, ohne dabei zu verschweigen, dass er den Termin bei der Bank nur mit Magenschmerzen absolviert hatte.

Natürlich war der Bankangestellte nett gewesen. Er hatte Viktor gesagt, was für einen gewaltigen finanziellen Spielraum er besaß. Dennoch war da etwas, das unablässig an ihm nagte, dass ihn nicht mehr loslassende zweifelnde Gefühl, irgendetwas übersehen zu haben.

Bis zu dem Moment, als er sich daran erinnerte, wie seine Urgroßmutter von dem Familienschmuck erzählt hatte. Davon, wie ihre Mutter damals die Halskette, die Ohrringe und Ringe geschenkt bekam.

„Als Anerkennung ihrer guten Dienste und der Wertschätzung ihres Dienstherrn“, hatte sie immer gesagt. Damals, als sie sich bei seiner Oma getroffen hatten und Viktor lieber als Speedy Gonzales durch den Garten gerannt war, als sich ernsthaft mit seiner Familiengeschichte auseinanderzusetzen.

„Eine andere Möglichkeit haben wir nicht“, erklärte Christian ihm und deutete auf einen geschlossenen

Karton, der vor ihm auf einem Tisch stand. „Kannst du mir die Vasen da mal reichen?“

„Du musst weiterdenken“, sagte Viktor und tat, was sein Bruder von ihm verlangt hatte. „Nicht stehen bleiben. Ich meine es ernst.

Vielleicht gibt es den Schmuck ja noch.

Irgendwo.

Ich glaube, dass ich mal eine Fotografie von der Kette gesehen habe.“

Christian machte eine schulterzuckende Geste. „Das weiß ich beim besten Willen nicht. In Mamas Nachlass habe ich nichts derartiges gefunden.“

„Ich frage Papa mal.“

„Dann lieber Caro.“

„Caro?“

Viktor kniff die Augen zusammen, schaute zu seinem Bruder, der mit einem Cuttermesser die Schnüre löste, mit denen das Paket eingewickelt worden war. „Wenn ich mich nicht irre, hat sie damals Uromas Nachlass an sich genommen. Also das, was für uns alle nicht so von Wert gewesen ist.“

„Du meinst, sie könnte die Unterlagen noch haben?“

„Ruf sie an“, sagte Christian, der die gelieferten Vasen eingehend einer strengen Musterung unterzog. „Dann erfährst du es.“

„Weißt du was?“

Christian schaute ihn fragend an, sagte aber nichts.

„Das werde ich machen. Ich rufe Caro an. Und anschließend“, er deutete mit dem Zeigefinger auf seinen Bruder, „werden wir ja wissen, ob es sich lohnt, in der Vergangenheit nachzusehen, ob es doch noch etwas für uns zu holen gibt. Hast du denn Caros Nummer?“

Christian schüttelte den Kopf. „Woher sollte ich die haben? Ich habe mit ihr seit bestimmt fünf Jahren nicht mehr gesprochen."

„Dito", sagte Viktor, der den fragenden Blick seines Bruders richtig gedeutet hatte.

Sie hatten sich aus den Augen verloren.

Nachdem Oma verstorben war, der eine Zweig der Familie sich nicht mehr um den anderen kümmerte, war der Kontakt nach und nach eingeschlafen.

Viktor seufzte. „Wer könnte ihre Nummer denn haben? Ich will es auf jeden Fall versuchen."

„Sie ist doch selbstständig", meinte Christian, der die Vase in der Hand hin und her drehte.

„Das ist eine Idee."

„Eine gute, denn sie ist von mir", sagte Christian und hob den Blick, als Viktor sich mit einem Ruck von seinem Platz löste. „Was hast du vor?"

„Ich werde mich einfach mal ganz ungezwungen und offen und ehrlich bei Caro melden. Der liebende und freundliche Cousin, dem etwas daran liegt, wieder mit seiner hübschen Cousine in Kontakt zu treten. Ganz zum Wohle der Familie natürlich."

Christian, der den Blick auf die Vasen gerichtet hatte, schüttelte den Kopf. „Sei mir nicht böse, aber das ist absoluter Blödsinn. Lass uns lieber versuchen mit ehrlicher Arbeit den Karren aus dem Dreck zu ziehen. Deine Idee mit dem Onlineshop beginnt mir langsam zu gefallen. Sag mal, wie genau hast du dir das denn jetzt vorgestellt?"

Viktor verdrehte die Augen.

Seine aktuelle Idee ließ ihn nicht mehr los.

Kapitel 2

Die Vergangenheit
versteckt sich

„Was ein Rattendreck", kommentierte Olivia, als sie die auf dem Tisch ausgebreiteten Bilder betrachtete, die Kate wieder und wieder angeschaut hatte und nicht fassen konnte, was sie da zu sehen bekam.

All ihre bisherigen Annahmen, und ihre grenzenlose Liebe zu ihrem Großvater waren im wahrsten Sinne des Wortes ins Stocken geraten. Ihre Verehrung, alles, was sie positiv mit ihm in Verbindung gebracht hatte, war dabei, in einem Schwall von Enttäuschung und Abscheu zu versinken.

„Ich fasse es noch immer nicht", gab Kate ehrlich zu und deutete auf das Bild, das Paris ihr gereicht hatte, die keinerlei Interesse an der Fotografie gezeigt hatte. „Ich meine, schau dir das doch mal an.

Er steht da, grinst und hat seinen verdammten rechten Arm gehoben."

„Und wie wohl er sich in seiner Uniform zu fühlen scheint", bemerkte Olivia, die sich vorgebeugt hatte, das Glas Wein in der Hand, ihre Augen zu schmalen

Schlitzen zusammengekniffen und das Bild betrachtete. „Er scheint richtig stolz zu sein."

„Widerlich", meinte Kate, die spürte, wie Ekel in ihr aufzusteigen begann.

Sie erinnerte sich vage an den Geschichtsunterricht. Daran, wie ihr Lehrer ihnen damals von dem Sturm der Normandie erzählt hatte. Davon, wie die USA sich nach dem 7. Dezember 1941 in den von Deutschland entfachten Krieg eingemischt hatte, nachdem die Japaner Pearl Harbor angegriffen hatten.

Damals war es ihr todlangweilig erschienen. Sie hatte Kästchen für Kästchen ihres karierten Notizblockes ausgemalt und sich nicht eine Sekunde für den geschichtlichen Käse interessiert, den sie pauken und auswendig lernen musste.

Was ihr jetzt missfiel.

Sie ärgerte sich über ihr jugendliches, desinteressiertes Ich und versuchte, auf die verschüttgegangenen Erinnerungen zurückgreifen, die ihr einfach nicht in den Kopf kommen wollten.

Was für eine Uniform war es, die ihr Urgroßvater da trug?

War es, wie sie innerlich hoffte, nur die Tracht eines Pfadfinders? Eine dieser Einheitskleidungen, bei der Jugend, wo die Kinder in Deutschland einst hingehen mussten, um von dem Gift der Nazis geistig manipuliert zu werden?

Wie hatten diese Organisationen damals geheißen?

Sie fragte Olivia, die daraufhin mit den Schultern zuckte und murmelte: „Das war irgendetwas mit Jungen oder so. Führerjugend?"

„War Hitler nicht so ein narzisstischer Spinner, der seinen Namen überall einsetzen ließ?"

„Hitler-Jugend? Echt?"

Kate zuckte mit den Schultern, deutete auf ihren stramm dastehenden Urgroßvater, und fragte: „Wie hieß er denn wirklich?"

Olivia legte den Kopf schief, blinzelte und murmelte: „Egon Speller."

Kate zog die Augenbrauen in die Höhe. „Das steht auf seinen Dokumenten und Reisepässen, ja. Aber meinst du wirklich, dass er unter seinem realen Namen hierher aufgebrochen ist? Ich kenne mich mit Geschichte echt nicht aus, aber ich habe gelesen, dass viele ehemalige Nazis unter falschem Namen nach Südamerika geflohen sind. Ich würde gerne wissen, mit welchem Schiff Uropa damals nach New York gekommen ist", sagte sie.

„Weil?", fragte Olivia und gab sich dann selbst eine Antwort, nachdem sie an ihrem Glas genippt und den süßen, roten Wein heruntergeschluckt hatte. „Um zu überprüfen, ob damals wirklich ein Egon Speller an Bord gegangen ist. Verstehe."

„Und ich würde das hier gern lesen können", meinte sie und deutete auf die aus dem Etui gefischten Briefe, die in einer sauberen, akkuraten Handschrift verfasst waren. Eine Handschrift, die der ihres Großvaters ähnelte; auch wenn dieser in späteren Jahren zittriger geschrieben hatte, nicht mehr so geschwungen, und die Linien so minutiös ausgeführt. „Darin kann man ja vielleicht auch etwas über ihn erfahren. Ich meine, er hat diese Sachen sorgfältig versteckt. Warum?"

„Weil er nicht entdeckt werden wollte. Meinst du, er hat etwas angestellt?"

„Wenn er ein Nazi war?"

Sie seufzte und strich die vor ihr auf dem Tisch liegenden Bilder hin und her. Kate konnte sich nicht erklären, wie es sein konnte, dass sie von ihrem Urgroßvater so gut wie gar nichts wusste. Dass er ihr, in ihren fünfundzwanzig Jahren, als sie gemeint hatte, ihn zu kennen, völlig fremd gewesen war.

Sie schluckte, als sie mit ihren Fingern über das Bild strich. Sie sah Egon mit einem Schäferhund. Ein schönes, elegantes Tier, das zu Füßen seines Herrchens saß, den perfekt gewachsenen Kopf stolz erhoben, die Brust hervorgestreckt. Neben ihm ihr Großvater, ebenso aufrecht und ehrenvoll, in einem Anzug, der nicht verbergen konnte, dass Egon ein athletischer, durchtrainierter Mann gewesen war. Dazu sein ordentlich gescheiteltes blondes Haar, das im Nacken und an den Schläfen kurzrasiert war.

So wie man sich einen Paradedeutschen vorstellt, dachte sie und beugte sich vor, um die im Hintergrund des Bildes abgelichteten Personen erkennen zu können. Eine kleine, dunkelhaarige Frau, die zwei Mädchen an sich presste und diesen schützend die Hand auf die Brust legte.

Die sehen wie Oma und Tante Mary aus, dachte sie nicht zum ersten Mal, nahm die Fotografie in die Höhe und kniff die Augen zusammen. Sie versuchte, die junge Frau zuzuordnen, was ihr nicht gelang.

Als sie das Bild in die Höhe hob, es herumdrehte, und wieder diese geradlinige, zackige Handschrift sah und nicht genau lesen konnte, was dort stand, meinte sie, so etwas wie *Carmen* entziffern zu können.

Nachträglich darauf geschrieben, dachte sie, als ihre Finger über die Buchstaben glitten. *Mit einem Kugelschreiber.*

In diesem Moment durchfuhr sie ein kurzer, intensiver Schwung aus Stolz, weil sie wusste, dass der Name nachträglich auf das Foto geschrieben sein musste. Kugelschreiber, hatte sie einmal nebenbei in einem Artikel gelesen, als sie beim Arzt im Wartezimmer gesessen hatte oder irgendwo anders ihre Zeit damit verbringen musste, indem sie las, waren erst Mitte der Fünfziger in Umlauf gekommen. Die Fotografie vor ihr, war um einiges älter.

„Weißt du was", sagte Olivia plötzlich und riss Kate aus ihren Gedanken, die verwundert zu ihrer sich aufrichtenden, das Glas beiseitestellenden, Freundin schaute. Olivias Augen strahlten vor Freude. „Steve kann uns helfen."

„Dein Hündchen?"

„*Unser* Hündchen", verbesserte Olivia Kate, grinste und sagte: „Er kennt sich doch mit historischen Dingen aus. Er hat doch immer wieder mit den Kriegsdenkmälern und Ähnlichem zu tun.

Vielleicht kennt er ja sogar jemanden, der deutsch kann. Und ich", sagte sie mit erhobenem Zeigefinger, „werde dir auch helfend unter die schönen Arme greifen."

„Indem du meinen Wein austrinkst?"

„Auch da werde ich dir behilflich sein, natürlich. ABER", sie deutete auf Kate und grinste, „ich habe doch letztens herumrecherchiert, wegen dieser einen

Familie hier in Beaufort, die damals aus Italien hierhergekommen sind. Da gab es ein spezielles Online-Portal, wo man nach ehemaligen Familienmitgliedern suchen kann. Vielleicht gibt es sowas auch für deutschstämmige Auswanderer. Ich werde mich morgen mal direkt dransetzen und recherchieren. Das mit den Uniformen können wir ja jetzt gleich schon mal nachschauen. Was meinst du?"

Kate leckte sich über die Lippen. Es war ein plötzliches, sie heimsuchendes, sie unangenehm hart treffendes Gefühl von Furcht, das sie beschlich. Ein Gedanke, nicht mehr zum Aufhalten, nicht mehr zurückzudrängen, schoss ihr in den Kopf und ließ sie glauben, von einer Woge ehrlich empfundener Panik heimgesucht zu werden.

Was, wenn ich etwas herausfinde, das ich nicht in Erfahrung bringen will?

Bin ich nicht schon ängstlich genug? Reichen nicht schon die Bilder, die ich hier gesehen habe, um mich völlig aus dem Konzept zu bringen? Die mich Uropa in einem total anderen Licht sehen lassen?

Andererseits war sie es gewesen, die angefangen hatte, in der Vergangenheit ihres Opas herumzustochern. Sie hatte in Erfahrung bringen wollen, wer er wirklich gewesen war.

Nun stand, beziehungsweise saß, sie hier auf der Couch in ihrer der Seeseite zugewandten Wohnung, trank Wein und musste entscheiden, ob sie mehr über den Zweiten Weltkrieg, das Dritte Reich und über die Machenschaften ihres Urgroßvaters in Erfahrung bringen wollte.

Sie nickte, nachdem Olivia sie fragte: „Was ist jetzt? Suchen wir oder lassen wir es sein?"

„Suchen", meinte sie heiser, griff nach ihrem Smartphone und tippte mit bleiern schweren Fingern ein: *Uniformtypen der Wehrmacht* und bekam keine zwanzig Sekunden später den Schock ihres Lebens, als sie entsetzt flüsterte: „Waffen SS ..."

***

„Viel habe ich noch nicht herausgefunden", meinte Steve, der auf die ihm gereichten Fotografien deutete und seinen süß geschwungenen, von einem Dreitagebart umgebenen Mund bekümmert verzog. „Außer eben, dass dein Urgroßvater wohl tatsächlich der Waffen SS angehört hat. Was bedeutet, dass er freiwillig in den Militärdienst eingetreten ist. Freiwillig heißt in dem Fall, dass er auch hinter dem Gedankengut der Nazis gestanden hat."

Kate schluckte und fragte: „Dann wollte er den Krieg?"

Steve zuckte mit den Schultern und antwortete: „Das kann ich nicht mit Bestimmtheit sagen, aber in die SS bist du nicht versetzt worden."

Kate leckte sich über die Lippen.

Die letzten beiden Tage hatte sie mit kaum etwas anderem verbracht, als sich das Thema Deutschland in den Kopf zu hämmern. Sie hatte über die deutsche Rolle des Krieges gelesen und die tödliche Maschinerie, die diese Nation vor mehr als achtzig Jahren mit einer unangenehm erscheinenden Präzision in Gang gesetzt hatte.

Ihre Magenschmerzen, die sich fächerartig bei ihr ausgebreitet hatten, je länger sie sich mit der Vergangenheit ihrer Familie beschäftigte, begannen sich zu einem Druck zu verändern, der sie glauben ließ, sofort auf die Toilette gehen zu müssen.

„Okay", sagte sie tonlos und sah, wie Steve auf dem Foto auf die Schultern ihres Großvaters tippte, auf ein Abzeichen, das dort prangte.

„Wenn ich richtig recherchiert habe, gehörte er den niederen Dienstgraden an. Er war also nicht in der Führung tätig. Wenn ich mich nicht irre, war er SS-Sturmmann. Also ein Befehlsempfänger. Was nicht heißt, dass er nichts aus unfreiem Willen getan hat", erklärte Steve. „Er wird schon gewusst haben, in was für ein Kommando er sich da begeben hat."

Kate lächelte schmal und versuchte, die Informationen zu verarbeiten. Dann fragte sie: „Und die Gebäude da im Hintergrund, sagen die dir etwas?"

Steve schüttelte den Kopf. „Da kann ich auch nur mutmaßen. Stacheldraht auf den Zäunen und Wachtürme deuten auf ein Gefängnis hin oder ein ..."

Sie hatte es gewusst und hatte es nicht wahrhaben wollen. Flüsternd und mit erstickt klingender Stimme sagte sie: „KZ."

Steve nickte. „Auch das habe ich alles an einen Freund weitergegeben, der sich damit auskennt. Das Einzige, was ich gemacht habe, ist, den Brief einmal in Google Übersetzer einzugeben, also das, was ich entziffern und lesen konnte. Deutsch ist nicht gerade meine Stärke."

„Von niemandem von uns, würde ich sagen", sagte Kate und schaute Steve an, der auf seinem drehbaren

Stuhl einen Meter rückwärts rollte. Er griff seitlich hinter sich, um den Brief an sich zu nehmen, den Olivia ihm gegeben hatte, mit der Bitte sich einmal genauer damit zu befassen. „Aber das, was ich entziffern konnte, da er noch in altdeutsch geschrieben wurde, und was mir der Rechner ausgespuckt hat, ist es ein Brief an eine Greta Schafer." Er machte einen missmutigen Gesichtsausdruck, als er meinte: „Die Deutschen setzen immer Punkte über einige Buchstaben und geben diesen dadurch eine andere Bedeutung. Deshalb weiß ich nicht, wie man den Namen genau ausspricht. Bei der guten Dame sind über dem A eben genau diese beiden Punkte."

„Wer ist diese Schafer denn?"

Steve zuckte mit den Schultern. „Dein Urgroßvater schreibt ihr, dass er zwei Tage Sonderurlaub bekommen hat, weil er sich im Dienst hervorgetan hat und dass er sich mit ihr treffen will, wenn denn ihr Vater zustimmen würde. Aber jetzt kommt etwas, das mich verwundert hat oder eher dazu treibt, dir zu sagen, dass du mit deiner Vermutung richtig gelegen hast."

„Mit meiner Vermutung?" Sie schaute ihn an.

„Das mit der Änderung des Namens."

Kate merkte, wie sich wieder etwas in ihr zusammenzog.

„Jaaa?", forderte sie ihn lang gezogen auf, weiterzusprechen.

„Dieser Brief hier wurde nicht mit Egon unterschrieben."

„Sondern?"

„Mit Hans ..."

***

Kirchwerder, Hamburg, Deutschland, 1943:

Hans fühlte sich selten erhaben und frei. In dem Moment, als er den Bleistift ansetzte, um die ersten Worte auf den Briefkopf zu setzen, konnte er die durch seinen Verstand wandernden Gedanken nicht mehr unterbinden. Es war ihm nicht möglich, auch nur eines der Bilder zurückzudrängen, die sich unaufhörlich in seinen Geist schoben.

Die wieder da waren, lebendig, echt, aufwühlend und ihn schüttelnd, sodass er merkte, wie seine Hand anfing zu zittern; seine Schrift unsauber wurde.

Was Greta ebenso wenig gefallen wird, wie ihrem Vater, dachte er und setzte sich auf seinem unter jeder Bewegung knarrenden Holzstuhl gerade hin und fokussierte seine Gedanken auf das, was er zu Papier bringen wollte. Das hinter ihm deutlich zu vernehmende Poltern schwerer auf Steinfußboden gesetzter Stiefel verdrängte er ebenso aus seinem Gedächtnis, wie die lachenden Stimmen seiner Kameraden, die sich im Nebenraum vor ein Radio gesetzt hatten und die neuesten Nachrichten von der Front hörten. Die sich jubelnd auf die Schulter klopften, wenn der Nachrichtensprecher in emotionsloser, unmenschlicher Stimme von den Erfolgen in Frankreich berichtete. Darüber, wie siegreich die deutschen Truppen im Süd-Westen Europas kämpften und dass der Einmarsch in den Osten von nichts anderem als Siegen flankiert wurde.

Hans interessierte sich nur für seinen eigenen, erlebten Erfolg. Dafür, was er Greta schreiben und ihr mitteilen wollte.

Wenn ich es schaffe, endlich ruhiger zu werden, dachte er und setzte den Bleistift erneut an, schrieb zwei Sätze und unterbrach sich dann, als er merkte, dass er es nicht schaffte sich zu konzentrieren.

Erneut stieg ihm der Geruch nach Pulverdampf in die Nase und ließ ihn wieder meinen, die schwere Waffe in der Hand zu halten und den harten Rückstoß zu spüren, als er den Abzug betätigte.

Der Knall dröhnte ebenso in seinen Ohren, wie das Bild, das sich ihm bot, als sich der aufsteigende Dampf verzog und er die jubelnden, ihn anfeuernden Schreie seiner Kameraden vernahm.

Und ich an Carmen denken musste, als ich tat, was ich tat, dachte er und war verwirrt über diesen Gedanken, dass er es nicht schaffte, sich wieder auf den Brief zu konzentrieren.

Er schluckte schwer.

Carmen.

Was hatte sie in seinem Kopf zu suchen?

Was hat sie überhaupt in meiner Gefühlswelt verloren?, dachte er und merkte, wie sich ein zarter Hauch von Unwohlsein in seinen Verstand schlich und sich dort fächerartig, einer aus einem Glas fließenden Wasserlache gleich, in seinem Innersten ausbreitete. *Sie ist nur eine Angestellte. Ein Niemand. Eine Frau, der meine Aufmerksamkeit nicht gelten sollte ...*

Aber dennoch ist sie da. Immer wieder.

Hans leckte sich über die Lippen. Er schüttelte den Kopf, setzte wieder an und war froh darüber, dass er den Gretas Vater so stolz machenden Fokus wiederfand, und schreiben konnte:

Liebe Greta,

heute muss ich dir von meinem Dienst berichten. Davon, was ich erlebt und getan habe und dabei insgeheim hoffe, wie stolz du auf mich sein wirst.

Ich habe von unserem Stabsscharführer zwei Tage Sonderurlaub erhalten, weil ich mich in der Erfüllung meines Dienstes hervorgetan habe.

Du weißt, wie diensteifrig ich bin und wie sehr ich versuche, meine Pflichten zu vollster Zufriedenheit zu erledigen. Darum erfüllt es mich mit besonderem Stolz dir schreiben zu können, dass ich es heute getan habe. Ich habe die Welt zu einem besseren Ort gemacht. Darum will ich mit dir feiern, dir ausführlich von meiner Tat berichten und mit dir flanieren gehen und dich im Norddeutschen Haus zum Essen einladen

...

***

Beaufort, South Carolina, USA, heute:

„... dein Hans", las Olivia den letzten Abschnitt des von Kate gefundenen Briefes vor und machte dabei ein solch bekümmertes Gesicht, dass Kate am liebsten in Tränen ausgebrochen wäre.

„Die Welt zu einem besseren Ort gemacht", flüsterte Kate. „Das klingt gar nicht gut."

Olivia schüttelte den Kopf und fügte hinzu: „Besonders hervorgetan."

Kate seufzte. „Ich glaube, ich will gar nicht weiter in der Vergangenheit bohren. Ich meine, was finde ich noch über ihn heraus? Die Bilder und der Brief reichen mir schon. Ich ...“

„Vergiss nicht, dass dein Urgroßvater auch Dokumente versteckt hat“, erinnerte sie Steve, der sich das Handy zwischen Ohr und Schulter geklemmt hatte, während er am PC saß, und in rasender Geschwindigkeit auf die Tastatur einhämmerte.

„Die mir aber nichts sagen ...“, setzte sie an.

„Diese belegen aber, dass er eine Namensänderung durchgeführt hat ... in Egon Speller.“

„Sie lassen aber keinen Schluss zu, wer er vorher war. Außer, dass er eigentlich Hans hieß“, warf Olivia ein, die jetzt ihrerseits einen Laptop auf den Knien hatte, und die Textfragmente, die sie sich aus dem Geschriebenen zusammengereimt hatten, übersetzte. „Und mit einer Greta befreundet oder liiert war. Er wollte sie ja ausführen, zu diesem Norddeutschen Haus.“

„Dass es laut meiner Recherche sogar noch gibt. Es wird in achter Generation geführt.“

„Echt?“ Kate schaute überrascht auf.

Steve nickte. „Steht hier.“ Er deutete auf den Bildschirm. „So lässt es sich schon einmal eingrenzen, wo dein Großvater aktiv gewesen ist.“

Kate, die ihr Handy hob, *Norddeutsches Haus* in das Suchfeld eingab und einen gedankenschnellen Suchprozess in Gang setzte, schluckte wieder, als sie begriff, was sie da gefunden hatte.

Sie las, dass das Norddeutsche Haus in einem ländlichen Bereich von Hamburg lag, der hier speziell als Altengamme tituliert wurde – was auch immer das bedeutete. Viel mehr erschreckte es sie, dass es dort etwas gab, das sie auf eine ehrliche, schreckliche, sie bis ins Mark erschütternde Weise schüttelte.

Vorgestern, als sie das Bild betrachtete, auf dem ihr Urgroßvater den rechten Arm mit stolzgeschwellter Brust in den Himmel reckte, und sich hinter ihm Stacheldraht, Wachtürme und hohe Mauern abzeichneten, war ihr allein der Verdacht absurd vorgekommen, er könnte an den Gräueln des Dritten Reiches aktiv mitgewirkt haben.

Aber jetzt, wo er in seinem Brief von einer Tat sprach, die die Welt besser machte, und er voller Stolz war, weil er zwei Tage frei bekam, befielen sie wieder Magenschmerzen.

Was dazu führte, dass sie aufschaute, blinzelte, und die gesprochenen Worte nur flüsternd über die Lippen bekam: „In der Nähe des Norddeutschen Hauses gab es ein …"

Olivia schaute auf und fragte: „Ein was?"

„In Neuengamme", flüsterte Kate.

„Was war da?", wollte Olivia wissen, die aufgehört hatte in einem wilden Takt auf ihre Tastatur einzuhämmern. Sie erhob sich, ging auf die sichtlich geschockte, der Wahrheit nicht ins Auge blicken wollenden Kate zu. „Süße", sagte sie und legte ihr beruhigend die Hand auf die Schulter.

„Es gab da ein Konzentrationslager …"

***

Kate mochte ihren Opa. Obwohl er etwas Knurrendes, etwas manchmal nicht wirklich Greifbares an sich hatte, hatte er sich immer mit Stolz und voller Freude vor seine Enkeltöchter gestellt. Besonders in den Momenten, wenn er darüber reden durfte, was sie alles erreicht und auf die Beine gestellt hatten.

So hatte er erst kürzlich einem Nachbarn erzählt, wie mutig er es fand, dass Paris ernsthaft den Sprung ins kalte Wasser der Selbstständigkeit gewagt hatte. Dass sie sich, bei all den Turbulenzen und all den finanziellen Spannungen, die es zurzeit auf den Märkten zu beobachten gab, ein Herz gefasst hatte und es wagte, ihren Traum zu leben.

Dabei hatte er sich hinter die, in einem Gartenstuhl sitzende, Kate gestellt, seine Hand auf ihre Schulter gelegt und diese sanft gedrückt. So, als wollte er ihr Mut machen, als wollte er ihr sagen, dass er ebenso an sie glaubte, wie er auf Paris Erfolg setzte.

Jetzt, wo er seine Hände gerade unter das aus dem Wasserhahn rauschende Wasser hielt und die Kernseife zum Schäumen brachte, mit der er sich immer reinigte, wenn er im Garten gearbeitet hatte, wandte er den Kopf und fragte: „Was interessierst du dich für die alten Fotografien von Oma?"

Sie zuckte mit den Schultern, nippte an der gerade aus dem Kühlschrank geholten Limonade und wusste nicht, ob sie mit der Sprache rausrücken oder lieber hinter den Berg halten sollte.

„Seit Uropa tot ist ...", setzte sie an, verstummte aber.

„Interessierst du dich für die Familiengeschichte?"

Sie zuckte mit den Schultern, nickte, schüttelte den Kopf und stieß ein ebenso verwirrtes, wie kläglich klingendes Seufzen aus, das all ihre Verwirrung in sich trug, mit der sie zurzeit zu kämpfen hatte.

„Irgendwie ja."

„Oma hat nie viel über ihre Vergangenheit gesprochen“, erklärte ihr Opa, der den Wasserhahn zudrehte, sich zu ihr herumdrehte und lächelte. „Dafür war sie nicht der Typ.“

„Hat sie denn irgendetwas mit nach Amerika gebracht?“

„Daran kann ich mich beim besten Willen nicht erinnern“, meinte ihr Opa, der durch die schmale Küche ging, mit seinem dicken Bauch an der Stuhllehne hängen blieb, auf dem Kate saß und kurz ins Stocken geriet, bevor er weiterredete. „Das kann ich dir nicht mit Bestimmtheit sagen. Ich weiß nur, dass sie mit ihrer Schwester hierhergekommen ist. Bei Nacht und Nebel, hatte sie mal erzählt. Ich habe nicht mehr viel nachgefragt in den letzten Jahren. Wenn wir auf ihre Kindheit zu sprechen kamen, sagte sie immer nur, dass sie schön gewesen war, bis der Krieg sie erreichte. Auf einem Anwesen eines reichen Mannes haben sie gelebt.“

„War Uropa reich?“

„Zu ihm hat sie ja Dad gesagt“, meinte ihr Opa, „und nicht reicher Mann.“

„Hmmm, aber das hier ist doch Uropa, oder?“

Sie holte die Fotografie hervor, die ihr kürzlich erst aufgefallen war, die ihr ins Auge stach und sie glauben ließ, dass ihre Tante und ihre Oma dort abgelichtet waren.

„Klar, das sieht man doch.“

„Und die Frau im Hintergrund? Ist das die Mutter von Oma und Mary?“

Ihr Großvater, der sich ihr gegenübergesetzt hatte und eine Dose Budweiser light mit einem zischenden Laut öffnete, beugte sich vor und kniff die Augen zusammen. So, wie er es immer tat, wenn er etwas nicht sofort erkennen oder zuordnen konnte. Dabei zog er seine Nase kraus, wölbte die Oberlippe und streckte das Kinn vor.

„Das weiß ich leider nicht", meinte er wieder, mit einem entschuldigenden Tonfall. „Tut mir leid. Ich weiß nur, dass deine Uroma im Krieg geblieben ist. Egon hat ja auch nie wirklich über sie gesprochen. Allgemein haben die drei kaum je Worte über Deutschland verloren."

„Weil Uropa vielleicht ein Nazi gewesen war?"

Ihr Opa schaute sie verblüfft an. In seinen Blick schlich ein ehrlicher Ausdruck tief empfundener Verwirrung und dann schüttelte er den Kopf.

„Wie kommst du denn darauf, mein Schatz?"

Nun war sie es, die nicht wusste, was sie sagen, geschweige denn preisgeben sollte.

Opa mag die Wahrheit, sagte sie sich dann und erklärte: „Ich habe da irgendwie einen Verdacht, wenn ich ehrlich sein soll."

„Einen Verdacht?", entgegnete ihr Großvater, während er ein Nicken andeutete. „Das klingt spannend. Was hast du denn für einen Verdacht?"

„Dass Uropa in einem KZ gearbeitet hat, als Mannschafter. Wir haben noch nicht viel herausgefunden, nur dass er eine Grete zu einem Gasthaus einladen wollte, das sich Norddeutsches Haus genannt hat und das es heute noch gibt. Außerdem befand sich in Neuengamme ein KZ, und es existiert eine Fotografie, in der Uropa in einer SS-Uniform zu sehen ist und er diesen ekelhaften Gruß macht, den die Nazis damals immer gemacht haben, um zu zeigen, dass sie ihrem Führer hörig sind."

„Das ist verrückt", sagte Opa, nippte an seinem Budweiser und wollte dann wissen: „Wo habt ihr diese Fotografie denn gefunden?"

„In einem Etui, versteckt hinter einer Diele auf dem Dachboden."

„Verrückter Egon. Ich habe immer gesagt, dass er ein seltsames Kraut ist", meinte ihr Opa, verstummte und legte seine hochangesetzte Stirn in Falten. Er kniff die Augen zusammen, spitzte die Lippen und sah aus, wie ein in sich gekehrter, Mann. Ein Mann, der, wie es schien, aus der Vergangenheit in die Gegenwart zurückkehrte und flüsterte: „Jetzt, wo ich verrückt sage und Kraut, fällt mir etwas ein."

Er erhob sich von seinem Platz, schob den Stuhl mit einem knarrenden Laut zurück und winkte seiner Enkeltochter zu, damit sie ihm folgte. Diese stand, mit einem Ausdruck ehrlicher Verblüffung auf, und ging ihrem Großvater hinterher. Ohne anzuhalten, oder auf Kate zu warten, war er durch die Schwingtür aus der Küche in einen geräumigen Wohnraum getreten. Geradewegs auf den Kamin zu, auf dessen Sims zwei Pokale standen – Trophäen aus dem Schießverein, dem Opa seit der schweren Demenzerkrankung seiner geliebten Frau vorstand – und mehrere, kleinere Schwarz-Weiß-Fotografien, die ihn und Kates Oma als Kinder zeigten.

„Oma war immer merkwürdig, wenn es darum ging, über Dinge von früher zu sprechen. Sie hat es ja auch abgelehnt Deutsch zu reden. Weil es die Sprache der bösen Menschen ist, hatte sie immer gesagt, und mich damit ehrlich gesagt verwirrt.

Niemand kann was dafür, wo er geboren wurde, denke ich mir. Er kann nur etwas dafür, was für ein Mensch er wird."

Kate lächelte.

Sie liebte ihren Opa. Er hatte immer einen herzlichen, den Menschen zugewandten Spruch auf den Lippen. Er zeigte auch jetzt, wo ihn die Trauer über den geistigen Verlust seiner Frau zeichnete, ein liebevolles Lächeln, das Kate gleich wieder an jene Wochenenden erinnerte, die sie so sehr geliebt hatte. Die sie mit ihrem Opa verbrachte, draußen in der Natur, an den Seen und Flüssen, meistens mit einer Angel in der Hand, oder dabei, ein Lager aufzuschlagen.

Dabei hatte er ebenso gelächelt, mit einem Stock im Lagerfeuer herumstochernd, wie er es jetzt tat.

Freudig, mit einem Hauch Melancholie, der seinen Augen einen Kate faszinierenden Schimmer verlieh, dessen Sinn sie bis heute nicht erkundet bekommen hatte.

Er befiel ihren Großvater immer wieder, nahm ihn in Beschlag und ließ ihn aussehen, wie einer jener jungen, verträumten Dichter, die in den Illustrationen des ausgehenden 19. Jahrhunderts am See oder einem Fluss sitzend gezeichnet worden waren.

Jetzt, wo er sie anschaute, er sie betrachtete, winkte er sie heran und deutete auf das Bild, das Oma als Mädchen zeigte, mit fünf oder sechs Jahren. Jene Fotografie, die sie als Kind gern betrachtet hatte. Welche ihr gut gefallen hatte, weil diese auf der ihr gezeigten Szenerie ein ehrliches, offenes, von Herzen kommendes Lächeln zeigte. Da waren nicht die harten Spuren einer langen Überfahrt in ihrem Gesicht zu sehen. Keine Anzeichen von Entbehrung, von erfahrenem Kummer oder der Unwissenheit, wie es einmal mit ihr weitergehen sollte.

Kate sah, wie ihr Opa das Bild vom Kaminsims nahm, es herumdrehte, und anfing, die Metallklammern zu lösen, die den Rahmen mit dem Inlay verbanden.

„Soll ich dir helfen?", fragte sie, als sie sah, dass ihr Opa Schwierigkeiten damit hatte, die Metallklammern nach außen zu schieben.

„Zu dicke Finger", murmelte er, schüttelte den Kopf und deutete auf das Bild. „Das, was ich dir zeigen wollte, ist auf der Rückseite geschrieben worden. Es ist schon sehr blass und abgenutzt, aber noch immer deutlich zu sehen, wenn man sich Mühe gibt. Irgendetwas deutsches. Vielleicht kannst du damit ja etwas anfangen."

Kate löste die letzte Klammer, nahm die Holzplatte vorsichtig heraus, und sah dann, was ihr Opa gemeint hatte. Sie wollte Olivia anrufen. Sofort!

***

„Okay, über das Portal, auf dem ich für die italienische Familie recherchiert habe, habe ich nichts gefunden. Dort habe ich weder einen Egon Speller noch einen Hans gefunden. Also einen Hans schon, das war wohl ein sehr beliebter Name damals, aber zu jemandem, der mit zwei Kindern gereist ist, die noch dazu englische Vornamen hatten ... Nada. Finito. Gar nichts", plapperte Olivia fröhlich durchs Handy, nachdem Kate sich mit einem hastigen „Hallo" bei ihr gemeldet hatte und sich dafür verfluchte, dass sie ihrer inneren Gewohnheit folgend gefragt hatte, wie es ihrer besten Freundin ging.

Diese hatte, ohne zu merken, dass Kate ebenso aufgeregt war wie sie, daraufhin gleich angefangen zu erzählen. Was dazu führte, dass Kate still wurde. Ein Hauch von Hoffnungslosigkeit machte sich in ihr breit und ließ sie glauben, niemals hinter das ihren Urgroßvater umgebende Geheimnis seiner wirklichen Identität zu kommen. Bis Olivia sagte: „ABER …“ Kate schaute auf.

„… Steve hat etwas Interessantes zuwege gebracht. Dort, wo damals das KZ gestanden hat, in dem Egon gearbeitet haben könnte … es gibt es noch. Nicht mehr als KZ an sich, aber als Gedenkstätte.“

„Okay. Das heißt?“

„Dass du dich vielleicht einmal an die Herrschaften dort wenden könntest, um in Erfahrung zu bringen, ob ein ehemaliger Hans damals dort gearbeitet hat, der dann nach Amerika geflohen ist.

So wie ich die Deutschen kenne, werden die garantiert Buch darüber geführt haben, wer wann das Land verlassen hat und wohin er gereist ist.“

„Das ist mal eine Idee.“

„Und hast du sonst noch etwas in Erfahrung gebracht?“, wollte Olivia dann wissen, wieder damit beschäftigt, unentwegt auf ihre Tastatur einzuhämmern und neben ihrem Telefonat produktiv zu arbeiten.

„Dass Oma einen Vermerk auf eines ihrer Bilder geschrieben hat. Eine Gedankenstütze, wenn du so willst. Sie hat darauf notiert: *Ich, Haus Meyer, im Blumengarten, Ostbereich.*“

„Haus Meyer. Was soll das sein?“

„Vielleicht hießen sie ja Meyer, bevor sie nach Amerika kamen.“

„Ich dachte, Paris meinte, es wäre was mit Spranger oder so gewesen."

„Das war die Annahme, weil Uropa als Speller nach Amerika gekommen ist. So eine Herleitung, du verstehst?"

„Voll und ganz. Aber das ist doch was. Ich werde mal auf dem Portal eine Suche beginnen, in Ordnung? Haus Meyer ist ja mal ein Anhaltspunkt, ebenso wie die Fotografie, die man dort hochladen kann.

Und du kannst ja mal mit der Gedenkstätte telefonieren."

„Das werde ich machen."

„Super Sache. Treffen wir uns dann heute Abend?"

Kate nickte, bevor sie sagte: „Gerne. Auf eine Pizza?"

„Bestellen oder im Restaurant?"

„Was dir lieber ist."

„Dann Restaurant. Vielleicht kann ich ja noch einen Kerl abstauben, während wir uns etwas mehr mit deiner Familie beschäftigen."

***

„Was machst du denn da schon wieder?", wollte Paris genervt wissen, als sie das Knurren und Schnauben ihres Golden Retrievers hörte. Sparky, noch jung und wild, mit goldbraunem Fell, besaß die unangenehme Eigenschaft, immer dann aufzufallen, wenn er es am wenigsten sollte.

Paris, die seit drei Monaten ihren eigenen Friseursalon leitete, reagierte allergisch darauf, wenn die bisher nur spärlich und viel zu selten in ihren Laden

kommenden Kunden von dem Knurren ihres Hundes
gestört wurden.

Roger, ihr Lebensgefährte, hatte sich heute am Nachmittag nicht um das Tier kümmern können.

„Ein Meeting im Büro, mein Schatz, es tut mir leid“, hatte er ihr am Telefon gesagt, und die Verbindung so hastig unterbrochen, dass Paris nicht ein Wort des Unmutes äußern, geschweige denn ihm ihre Meinung sagen konnte.

Sie hatten einen Deal gehabt. Eine Absprache. Eine Vereinbarung, auf die Roger ihr die Hand gegeben hatte, als sie sich breitschlagen ließ, Sparky zu kaufen und in ihre Zweisamkeit aufzunehmen.

Sie hatte das Tier nicht haben wollen.

Ganz und gar nicht.

Allein der Gedanke daran, dass sie jeden Morgen aufstehen sollte, weil sie mit dem Hund Gassigehen musste, stresste sie. Ebenso wie das Fressen von Sparky. Sie fand das Hundefutter extrem ekelig.

Fast wie bei dem Gedanken an ein eigenes Kind, dachte sie, während sie sich bei ihrer Kundin dafür entschuldigte, dass der Hund sich nicht, wie erhofft, an seinem Platz aufhielt, den sie ihm zugewiesen hatte.

Den Platz, den ich ihm mit den Dingen von zu Hause hergerichtet habe.

Wo ich extra hingefahren bin!

In meiner Mittagspause.

In der Zeit, in der ich mich um die Buchhaltung kümmern wollte, weil mein Steuerberater mir heute Morgen eine Erinnerungsmail geschickt hatte, dass ich die Monatsabrechnungen einreichen muss.

Was ich nicht getan habe.

Natürlich nicht!

Ich habe mich ja um Sparky gekümmert.

Er musste ja mit in den Salon, weil sein Herrchen keine Zeit für ihn hat. Meetings sind ihm wichtiger.

So viel wichtiger ...

Während sie sich gedanklich von einem Aufreger in den nächsten hineinsteigerte und am liebsten vor Wut mit den Füßen aufgestampft hätte, hörte sie das sie verwirrende, reißende Geräusch von Leder.

Sie legte die Stirn in Falten und fragte sich, was der blöde Köter jetzt an sich gebracht haben könnte, was er zerreißen konnte.

Meine Steuerunterlagen, dachte sie in einem Anflug ehrlich empfundenen Schreckens und eilte die drei Stufen hinauf zu ihrem Aufenthaltsraum, den sie sich mit den vier Angestellten teilte, die heute Nachmittag – zum Glück – allesamt mit Kundinnen beschäftigt waren.

Von solch einer Angst getrieben, von der Furcht heimgesucht, irgendeine Kleinigkeit, so unbedeutend sie auch sein konnte, würde ihren Traum vom selbstbestimmten Arbeiten ins Wanken bringen, ließ sie die einzelnen Stufen zum Aufenthaltsraum hinaufeilen und dann wie abrupt stehen bleiben.

Sie sah, dass der Hund etwas zwischen den Zähnen hatte, das sie nicht zuordnen konnte. Was sie in ihrem Leben erst ein oder zwei Mal flüchtig wahrgenommen hatte.

Nur um dann zu merken, wie sich ihr Magen verkrampfte.

Tränen schossen ihr unkontrolliert in die Augen.

Sie rief: „Aus! Du blöder Hund! Aus! Aus! Aus!", und wunderte sich über ihre eigene, hefige Reaktion.

Niemals in ihrem Leben hätte sie damit gerechnet, dass sie der Kummer, der Schmerz und die Trauer mit solch einer Wucht einholen würde. So wie jetzt, als sie begriff, was Sparky da zwischen den Lefzen hatte.

Uropas Lederetui.

Die einzige Erinnerung, die sie aus seinem Haus an sich genommen hatte.

Den Gegenstand, nach dem sie blindlings gegriffen hatte, als ihre Mutter gefragt hatte, ob sie nicht irgendetwas als Erinnerung behalten wollte.

Paris hatte immer wieder abgewunken, hatte Karton um Karton vom Dachboden heruntergeschleppt und keinerlei Zeit damit verschwendet, einen Blick in die Unterlagen zu werfen. Sie hatte es hinter sich bringen wollen.

Nichts spüren! Nichts merken. Nur funktionieren!

Ihr Credo kam ihr jetzt albern und verdrängend vor.

„Sparky", schimpfte sie, ging auf die Knie und riss an dem Etui, das ihr mehr bedeutete, als sie angenommen hatte, und hörte im gleichen Moment, als sie anfing zu zerren, wie es hässlich durchriss und knirschte.

Sie fiel auf den Hosenboden, als der Hund das Etui abrupt losließ.

Paris stieß einen erschrockenen Schrei aus, schimpfte dann mit dem sichtlich verwirrten Tier, das gar nicht verstand, warum ein Donnerwetter über es hereinbrach. Ein Donnerwetter, wie Paris später klar wurde, das viel zu heftig, viel zu stark ausgefallen war.

Aber in dem Moment, als sie ins Straucheln geriet und hörte, wie das einzige Erbstück ihres Urgroßvaters unter den langen Fangzähnen des Golden Retrievers kaputt gegangen war, waren alle in ihr sorgsam errichteten Dämme gebrochen.

Paris musste sich Luft machen.

Das tat sie mit solch einer Anstrengung, dass, als sie fertig war, eine bleierne Müdigkeit von ihr Besitz ergriff, die sie in dieser Intensität seit Jahren nicht mehr gespürt hatte. Die ihr dermaßen in Mark und Bein schoss, dass sie sich am liebsten hier auf den Boden gelegt hätte und eingeschlafen wäre.

„Alles gut bei dir, Paris?", wollte eine ihrer Angestellten wissen, was dazu führte, dass Paris nicht weinend in sich zusammenbrach. Dass sie sich ihrer durch sie hindurchhämmernden Trauer nicht hingab.

Sie blieb aufrecht stehen, rief: „Ich bin okay. Der Hund ... er ... er ... er hat Blödsinn gemacht. Ich ... ich räume es nur kurz weg."

„Brauchst du Hilfe?"

„Mach du mal lieber weiter. Ich schaff das schon allein."

Sie schüttelte den Kopf, als sie das Etui anfasste, mit der Hand über das Leder fuhr und merkte, dass das herausgerissene Loch ebenso groß wie ihr Finger war.

Da konnte etwas nicht stimmen, dachte sie verwundert, als sie begriff, dass sie nicht in eine tiefere Schicht drang und nicht spürte, wie die Innereien des Etuis ihre Fingerkuppe berührte.

Das war etwas anderes.

Paris runzelte die Stirn, hob das Etui hoch und schluckte.

„Das gibt es nicht", murmelte sie fassungslos.

***

Hamburg, Deutschland, damals:

Es kam unerwartet.

Hans, der der felsenfesten Überzeugung gewesen war, als er mit dem Transporter in die Stadt zuckelte, niemals seine Meinung zu ändern, glaubte, mit einer Schaufel gegen den Kopf geschlagen worden zu sein. Als er dasaß, aus dem Fenster schaute und den schweren Wagen über die Straße lenkte, begriff er nicht, wie das sein konnte. Wie sich etwas in ihm regte, das er eigentlich für starr und unbeweglich gehalten hatte.

Aber seit jenem Tag, als er damals auf Greta gewartet hatte, hatte es ihn mehr als einmal eingeholt. Da war es immer wieder zu ihm gekommen, dieses eine Wort, das er bisher mit einem unbedeutenden Achselzucken abgetan hatte.

Aber jetzt, wo er dasaß und den Mund vor Staunen nicht mehr zu bekam, kamen sie zu ihm zurück in den Verstand. Er starrte die in billigste Kleidung gehüllte Frau an. Sie, die da mit zwei Kindern an der Hand die Straße überquerte, ließ die Worte wie Feuerlohen in seinen Verstand aufsteigen. Sie machten ihn ganz wirr.

So irre, dass er mit einem überraschten Druck auf die Bremsen treten musste, um den Transporter zum Stehen zu bekommen.

„Sag mal, spinnst du?", wollte der neben ihm sitzende Gustav wissen, der sich gerade eine Zigarette drehte. „Mir fliegt der ganze Tabak durch den Wagen. Hey, ich rede mit dir!"

Gustav stieß ihn mit dem Ellenbogen an.

Hans reagierte schleppend, langsam.

Sein Blick haftete an der Frau mit den beiden Kindern. An ihrem weich gezeichneten Gesicht und den pechschwarzen Haaren, die sie in aller Eile, locker hochgesteckt hatte.

Er öffnete die Tür des Wagens.

Von einem unguten Gefühl beschlichen, das er hier niemals erwartet hätte, nicht kommen sah, meinte er plötzlich den Blicken Gustavs ausgesetzt zu sein. Sein bester Freund, der ihm immer und überall zur Seite stand, kurbelte in hektischer Manier das Fenster herunter und grunzte dem über die Straße eilenden Hans hinterher: „Mach schnell. Wir haben noch einen langen Weg vor uns.“

„Hey du“, rief Hans der Frau hinterher, ein Blitzlichtgewitter im Kopf, das ihn glauben ließ, zwei unterschiedliche Perspektiven eingenommen zu haben. Die eine, die ihn nicht mehr loslassen wollende Sicht eines Mannes, der sich selbst in den eigenen Grundfesten erschütterte, der sich innerlich brüllen hörte, dass er gerade einen Fehler beging … dass es verrückt war, solch einer Frau nachzueilen, wo er doch alles hatte, was er immer hatte besitzen wollen.

Greta war das Beste, was ihm jemals passiert war.

Und doch …

Hans schüttelte innerlich den Kopf, versuchte sich, vor Augen zu halten, was er da an der St. Petri und Pauli Kirche gelesen und verinnerlicht hatte. Was in ihm einen Prozess in Gang gesetzt hatte, den er so nicht erwartet, geschweige denn jemals geglaubt hatte, erleben zu können.

Deutschland war alles für ihn.

Ohne Wenn und Aber.

Wirklich?, fragte ihn eine Stimme, als er sah, wie die Frau zum Stehen kam. *Ist das so? Oder sind es vielleicht andere Dinge, von denen du plötzlich glaubst, sie erreichen und erleben zu müssen?*

Als er auf sie zugelaufen kam, sah er, wie sich ihre Augen verengten. Wie sie ihre beiden Mädchen hinter sich schob und diese mit ihrer schmalen, schlanken Gestalt zu beschützen versuchte.

„Sie haben das hier verloren", meinte er und reichte ihr die lederne handgroße Tasche, in der sie, wie er mit einem flüchtigen Blick festgestellt hatte, Unterlagen transportierte. Eine Aufforderung, sich beim Ministerium für Erkennung der Herkunft zu melden.

Sie schaute ihn zweifelnd an.

„Ich dachte, Sie sollten nicht ohne Ihre Papiere hier erscheinen."

Er streckte die Brust heraus, betrachtete sie mit einem zufriedenen, ehrlich gemeinten, auf seinen Lippen liegenden Lächeln.

„Da... danke", sagte sie und meinte sich dann verhört zu haben, als Hans sie etwas fragte, was er selbst nicht für möglich gehalten hatte.

Aber in dem Moment, als er die beiden Kinder sah und begriff, wohin die Frau musste ... an welchen Ort sie ging ... war in ihm das hin und her schwingende Gewissenspendel entglitten.

Er konnte nicht anders.

Hans musste es tun.

Also fragte er sie: „Wollen Sie überleben?"

***

Es war ein merkwürdiges Gefühl, wieder hier zu sein. An jenem Haus, das er früher so oft betreten und aufgesucht hatte. Hier zu sein, wo er immer der festen Überzeugung gewesen war, eine Leichtigkeit würde von ihm Besitz ergreifen, wenn er auf seine Oma zulief. Und gleichzeitig glaubte er, der unendliche Staub der Vergangenheit würde sich niemals von ihm oder einem anderen Familienmitglied abspülen lassen.

Jetzt die Hand nach dem Tor auszustrecken, zu sehen, wie sich hier alles verändert hatte, machte Viktor deutlich, wie lange er nicht mehr an diesem Ort gewesen war.

Damals, als seine Oma starb, sie sich hier alle versammelten, um Abschied von ihr zu nehmen, hatte es einen Zaun gegeben und keine Hecken. Da waren die Steinplatten in einer ihm immer sympathisch erscheinenden Art schief verlegt gewesen.

Jetzt war alles akkurat und geradlinig.

Die Hecke blühte, und die in ihr wachsenden Blüten wurden heimgesucht von Hummeln, Bienen und Schmetterlingen.

Viktor hob unsicher lächelnd die Hand. Er ging auf seine Cousine zu, die im Hauseingang stand; die Arme vor der Brust verschränkt, die pechschwarzen Haare zu einem Zopf gebunden, der die scharfen Konturen ihres hübschen Gesichtes betonte.

Er sah, dass sie, wie früher, eine enge Jeans trug, die von einem ledernen, breiten Gürtel gehalten wurde. Wie es heute modern war, hatte sie die Bluse hinten in den Hosenbund gesteckt.

Dass Caro schon immer weiblich und gut gebaut gewesen war, hatte er gewusst.

Sie jetzt aber hier stehen zu sehen, als reife, mitten im Leben stehende Frau, irritierte ihn.

Es war, als würden sich die Vergangenheit und die Realität auf eine merkwürdige Art und Weise übereinander schieben. So, als schaffte sein Kopf es nicht, die Bilder von einst mit denen von heute miteinander abzugleichen.

„Ich hätte nicht gedacht, dass du wirklich kommst“, begrüßte sie ihn, während sie die Arme ausbreitete, um ihren Cousin fest zu drücken.

Der daraufhin in eine seiner Nase schmeichelnden Parfümwolke tauchte und fand, dass der Geruch nach frischer, im Sonnenlicht daliegender Wiese ausgesprochen gut zu ihr passte.

„Wir haben uns viel zu lange nicht mehr gesehen“, meinte er und fügte hinzu: „Und jetzt melde ich mich nur, weil ich einen kurzen Blick in die Unterlagen werfen will, die du noch von Oma hast.“

Sie winkte ab und sagte: „Ich habe mich ja auch nicht gemeldet.“

„Wir sind halt beide kleine Trottel“, erwiderte er schmunzelnd, nachdem er entschuldigend die Hände gehoben hatte, und mit dem Sprechen aufhörte.

„Ich bin eher immer beschäftigt. Wie es um dich steht, das weißt nur du.“

„HAHA“, machte er und fühlte sich in ihrer Nähe augenblicklich wohl.

Es war genau wie früher.

Als sie unbekümmert und ungezwungen hier durch den Garten gerannt waren. Sie zusammen ins nahe gelegene Schwimmbad gelaufen waren, oder so lange ihre Eltern genervt hatten, bis diese ihnen Geld gegeben hatten, damit sie an den Hafen gehen und sich dort ein Fischbrötchen kaufen konnten.

Es war eine gute Zeit gewesen damals. Ungezwungen. Nicht verkopft. Nicht so sorgenvoll.

„Ich habe auch ein schlechtes Gewissen", gab Caro jetzt zu, als sie Viktor losgelassen und ins Haus gebeten hatte. „Na, du weißt schon, wegen deiner Mutter und so. Ich habe nicht mal eine Beileidskarte geschrieben oder angerufen."

„Du warst beschäftigt."

„In diesem Fall war ich wohl eher feige", gab sie zu und deutete den schmalen, von der Haustür abgehenden Flur hinunter, auf die Tür am Ende des Ganges. „Da geht es ins Arbeitszimmer."

„Du bist Notarin, habe ich gelesen."

Sie nickte. „Mache ich so nebenbei. Habe ja nicht so viel Zeit."

„Du hast keine Kinder", meinte er und hoffte, dass seine Bemerkung nicht wie eine Frage klang.

Sie lachte und antwortete: „Gott bewahre, nein. Tante zu sein reicht mir völlig aus.

Nein, ich habe keine Zeit wegen meiner Fotografien und meinem bald erscheinenden Fotobuch. Hast du nichts von mitbekommen, oder?"

Viktor zuckte mit den Schultern und sagte: „Nein, nicht wirklich."

Sie winkte ab. „Ich weiß auch nicht, was du tust." Sie lachte und stieß dann die Tür auf, und ließ Viktor anerkennend nicken, als er das Arbeitszimmer seiner Cousine sah.

Penibel aufgeräumt, standen in den bis unter die Decke reichenden Regalen, Gesetzestexte und andere Fachliteratur.

„Ich habe dir mal alles herausgesucht, was ich noch von Oma habe. War aber leider nicht viel. Diese kleine Box da, diese beiden Alben und den Briefumschlag. Da sind einige Briefe drin, die letzten von Uromas Schwester.

Weißt du, was total verrückt ist?“

Viktor schaute sie fragend an. „Obwohl ihr, wie es schien, viel Schlimmes widerfahren ist, hat sie nicht automatisch in allem etwas Böses gesehen.“

„Wie meinst du das?“

„In dem einen Brief schreibt sie wirklich, dass Liebe aufgebaute Mauern einreißen kann.“

Viktor meinte, von einem kurzen, intensiven Stich heimgesucht zu werden.

Es kam ihm so vor, als würde er mit dem Finger mitten in die Brust gestupst werden.

***

„Das sind Listen", meinte Steve, der sich auf Kates Einladung hin bei Roger und Paris eingefunden hatte, genauso wie Olivia. Die, als sie Kate sah, diese fest drückte, und ihr ins Ohr flüsterte, dass sie diese ganz doll lieb hatte. „Mit Registrier-Nummern", er deutete auf eine Spalte, „Nachnamen und Vornamen", er zeigte auf einen weiteren Teil des mit Hand geschriebenen Papiers. „Und dann gibt es hier einen Absatz, der mir nichts sagt. Aber da sind wohl Notizen oder Ähnliches eingefügt worden. Der letzte Teil beinhaltet ab und zu mal ein x und dann wieder gar nichts."

„Damit anfangen kannst du aber nichts, oder?"

„Noch nicht, nein", sagte Steve, der zu dem plötzlich neben ihn tretenden Roger schaute.

„Irgendetwas zur Erfrischung?"

„Was mit Taurin bitte."

„Und du?"

„Wenn du einen Wein da hast …", sagte Olivia, die sich neben Steve auf die gemütliche, bogenförmige Couch gesetzt hatte, und ihren Laptop ebenso geöffnet hatte, wie sie es bei den letzten Treffen schon immer getan hatte.

„Habe ich."

„Fein!"

„Kate?"

„Nichts, danke", antwortete diese, die immer noch von dem Fund verwirrt war, den ihre Schwester gemacht hatte. Der ihr ein weiteres, mulmiges Gefühl bescherte, da sie zu der felsenfesten Überzeugung gelangt war, dass ihr Großvater mehr zu verbergen hatte, als sie je gedacht hatte.

„Also das hier", sagte Steve, der ein bedrucktes Stück Papier in die Luft hob, das kunstvoll mit einem auf einem Hakenkreuz sitzenden Adler, verziert war, „ist eine Urkunde. Sieht man ja. Und unser Verdacht, dass Egon Hans ist, ist hiermit bestätigt. Seinen Nachnamen haben wir auf diese Weise auch."

„Was sich gut trifft, denn so können wir nachforschen, ob das fotografierte Haus auch wirklich deinem Urgroßvater gehört hat", meinte Olivia, die ihren Laptop herumdrehte. „Denn laut meinen Recherchen gehört es heute einer Familie Schulz. Diese betreibt einen Erdbeer-, Kirschen-, Himbeer-, und Spargelhof."

„Auf Omas Bild stand Anwesen Meyer."

„Eben."

„Und hier, schau dir mal das Foto an, auf das hat Uropa auch etwas geschrieben."

Paris, die einige der gefundenen Bilder in die Hand genommen hatte, diese anschaute und dabei ab und zu schwer seufzte, hielt eine der Fotografien in die Höhe. Es zeigte wieder die Frau mit ihren beiden Kindern. Im Vordergrund war Hans zu sehen, der mit einem Hund abgelichtet worden war.

Während Hans und der Schäferhund sich stolzgeschwellt in Pose warfen, und mit stoischer, harter Miene in die Kamera schauten, war es die im Hintergrund stehende Frau, die Kates Aufmerksamkeit auf sich zog. Sie schüttelte sich und erschauderte, als sie sah, wie kummervoll die schwarzhaarige schöne Frau aussah; die ihre Hand gegen die Brust der einen, älteren Tochter presste, während ihre linke auf der Schulter des kleinen Mädchens lag.

„Als würde sie Angst haben", flüsterte Kate, die Paris die Fotografie aus der Hand nahm, und das Bild aufmerksam betrachtete.

Sie versuchte, in den Gesichtern zu lesen, um irgendetwas Bekanntes zu erkennen.

Nur um dann zu hören, wie Paris sagte: „Er hat hier auf die Rückseite geschrieben *Carmen und Kinder*. Siehst du?"

Kates Herz schlug plötzlich bis zum Hals.

Mit zitternden Fingern drehte sie das Bild herum, betrachtete die saubere, die glatte Handschrift ihres Großvaters, und wischte mit dem Finger sanft über jeden einzelnen, geschriebenen Buchstaben.

„Wieder Carmen. Wer ist Carmen?", wollte sie wissen.

Paris zuckte mit den Schultern, bevor sie mit belegt klingender Stimme sagte: „Ich weiß es nicht. Vielleicht seine Angestellte?"

„Ein weiterer Name auf unserer Liste", sagte Kate seufzend, die nun zu Olivia schaute.

Die blickte zurück und nippte an dem von Roger gereichten Wein.

„Wegen des Hauses, in dem dein Urgroßvater einmal gelebt hat."

„Ja?"

„Da kann es ja vielleicht noch Hinweise geben, wer die Menschen gewesen sind, die in dem Haus gelebt haben."

„Also meinst du, wir sollten dort auch einmal nachfragen, ob sie etwas über die Kinder und diese Carmen wissen?"

Olivia nickte. „Vielleicht. Aber auf jeden Fall können wir uns erkundigen, ob sie uns einige Fragen

beantworten können und ob es ihrerseits eventuell
Aufzeichnungen aus der alten Zeit gibt.“

„Schreibst du die Mail?“, wollte Kate wissen.

„Das habe ich schon getan“, erwiderte Olivia. „Mit
dem Ergebnis, dass es lediglich eine automatische Antwort gab.“

„Also heißt es, warten.“

„Oder wir forschen weiter. Hast du dich bei dem KZ
gemeldet?“

„Habe ich“, bestätigte Kate, der das alles zu schnell
ging. Sie hatte keine Zeit, sich darüber zu wundern, zu
ärgern, oder irgendeine andere Emotion zu zeigen, dass
ihr Großvater nicht der war, für den er sich jahrelang
ausgegeben hatte. Es kam ihr so vor, als würde sie sich
rasend schnell im Kreis drehen und es nicht schaffen,
anzuhalten.

„Und was hast du herausgefunden?“

„Ein Herr Christensen hat mir nur geschrieben, dass
er sich mit meinem Fall gern einmal auseinandersetzen würde, aber, dass er dafür etwas Zeit und Vorlauf
bräuchte. Und da ich ihm nicht wirklich mit vielen Daten dienen konnte, sondern nur mit dem Namen Hans,
oder Egon Speller, war seine Suche natürlich nicht sehr
ergiebig. Es gab im Wachpersonal sieben Männer namens Hans.“

„War ja offenbar eher ein Sammelbegriff, anstatt ein
Name“, bemerkte Paris, die sich mit einigen der aus
dem versteckten Fach hervorgeholten Dokumente be-
fasste. „Guck mal, hier sind noch weitere Bilder von Uropa. Ebenfalls in Uniform. Mit einem Typen, der ordentlich dekoriert aussieht.“

„Das da", meinte Olivia, die auf den Offizier deutete, „ist Max Pauly. Der Lagerkommandant. Eines der größten Dreckschweine, die die Welt je bevölkert hat. Ein ekelhafter Typ. Ist später hingerichtet worden, wegen Gräuel an der Menschlichkeit."

„Und unter dem hat Uropa gedient?"

„Sieht ganz so aus. Er hat auch einige Dokumente bei sich gehabt, die aus dem Lager zu kommen scheinen. Sieh mal, auch die gleiche Aufmachung, wie das Blatt da."

Paris deutete auf den von Steve beiseitegelegten Papierbogen.

„Das da sieht aber offiziell aus, während mein Zettel wie etwas Persönliches wirkt."

„Ja, er ist mit einer Schreibmaschine verfasst worden", bemerkte Paris. „Und was hat Opa unten hingeschrieben?"

„Was meinst du?", wollte Kate wissen.

„Da, auf seinem Bogen. Da hat er einen Namen eingetragen. Szebo."

„Steht der auch auf dem offiziellen Papier?"

Sie schüttelte den Kopf.

„Hmmm, was hat das denn jetzt wieder zu bedeuten? In der Spalte, wo der Name steht, ist nichts weiter eingetragen. Kein Geburtsdatum, kein Sterbetag, kein ganzer Name, kein x oder irgendetwas anderes."

„Uropa hat auch ein Fragezeichen dahinter gesetzt. So, als wollte er sich über etwas vergewissern."

„Vielleicht meldet sich Herr Christensen ja noch einmal bei dir, Kate. Dann kannst du ihn fragen, ob es einen Insassen Namens Szebo gab."

„Schreibe ich direkt auf meine To-do-Liste."

„Braves Mädchen", entgegnete Olivia schmunzelnd und schaute, ebenso wie die anderen zu Steve hinüber. Dieser hatte einen Zettel vor sich, mit dem er an-scheinend nichts anzufangen wusste, und den er achtlos beiseitelegte, während er sagte: „Ein Flyer oder etwas in der Art."

„Was steht denn drauf?"

„Oh man, warte", sagte er. „Ich benutze mal wieder den alten Google Translator. Einen Moment."

Steves Finger flogen mit einer Leichtigkeit über die Tasten, dass es Kate ganz schwindelig wurde, als sie ihm dabei zusah, wie er auf die Tastatur einhämmerte.

„Hmmm", meinte er schulterzuckend. „Ob das jetzt eine Fehlübersetzung ist? Da steht: *Jedes Leben ist es wert gerettet zu werden.* Was auch immer das bedeutet. Aber auch egal. Hier, schau mal, wo ich gerade gewesen bin."

Steve hatte sich die Liste angeschaut, sie genau betrachtet und studiert und fragte: „Wann hat Egon den Brief an diese Greta geschrieben?"

„Warte ... 08.5.1943", antwortete Kate und wollte dann wissen: „Warum fragst du?"

„Weil dir das, was ich hier glaube, herausgefunden zu haben, nicht gefallen wird", sagte Steve und verursachte Kate damit Magenschmerzen. Sie wagte es kaum, auf das ihr gereichte Dokument zu schauen. Steves Finger deutete auf ein Datum.

Kate glaubte, die Welt um sie herum würde einerseits an Geschwindigkeit zunehmen und andererseits mit voller Wucht ausgebremst werden.

Sie zitterte, als sie es wagte, die Hand nach dem Blatt Papier auszustrecken. Sie keuchte, als ihre Augen sich mit Tränen füllten, als ihr Blick zu dem Datum wanderte. Hin zu einem Namen und zu dem Sterbedatum, das zu ihrem Kummer mit dem gleichen Tag versehen war, wie der des Briefes, den ihr Urgroßvater voller Stolz geschrieben hatte.

08.05.1943!

Sie schluchzte leise, bevor sie sagte: „Uropa war ein Mörder ..."

***

„Ich weiß ja nicht, mein Schatz", setzte ihr Vater an zu sprechen und erzeugte dabei in Kate das Gefühl, wieder ein unsicheres Mädchen zu sein, das nicht wusste, wohin sie zu gehen hatte. „Deutschland ist weit weg. Außerdem ..."

Sie ließ ihn nicht aussprechen. Kate hob die Hand, schüttelte den Kopf und sagte, während ihr der Geruch von auf dem Grill liegenden Burgern in die Nase stieg: „Mich treibt das Thema um. Wirklich."

„Aber deshalb muss man doch nicht gleich die USA verlassen."

„Ich habe das Gefühl, vor Ort mehr erreichen zu können."

Kate zuckte mit den Schultern, als sie zu ihrem bekümmert aussehenden Vater schaute, der sich nun von seinem Platz erhob, das Bier nahm, das seine Frau ihm auf den Tisch gestellt hatte, bevor sie im Haus verschwand, um – Grünzeug, wie Kates Dad es nannte – vorzubereiten.

Sie wollte sich nicht wieder so verlassen fühlen, so hilflos, so in die Enge getrieben, dass sie mit nichts anderem mehr zurechtzukommen glaubte, als wild um sich zu schlagen.

„Aber heute geht doch alles übers Internet viel schneller. Ich meine, ihr jungen Leute klärt doch alles darüber. Dann musst du nicht weg und ...“

„Wenn es dir ums Geld geht“, setzte sie an, verstummte aber, als ihr Vater mit einem müden Gesichtsausdruck abwinkte.

„Geld spielt nie eine Rolle, das weißt du. Das kümmert mich nicht. Es geht darum, dass ich Angst habe, dass du dich da in etwas verrennst, weißt du? Dass du plötzlich merkst, dass es doch nicht die richtige Entscheidung gewesen ist, wie du zuerst gehofft hattest.“

„Wenn du auf den Literaturkurs anspielst ...“

„Und den Gitarrenunterricht oder deine plötzlich entbrannte Leidenschaft für Football!“

„Dad!“

„Liebling“, sagte er, als er das Klagen aus ihrer Stimme heraushörte. „Ich will dir doch nichts Böses. Ich möchte nur nicht, dass du in Deutschland gedanklich ins Schwanken gerätst. Dort gibt es niemanden, der dich auffangen könnte, keiner, der dir einen doppelten Boden anbietet, um deinen Sturz aufzufangen.“

Kate presste die Lippen zusammen und versuchte, die Worte ihres Vaters nicht als Angriff zu sehen.

Als Sorge, sagte sie sich und wischte sich mit der Hand über die Augen. *Er möchte nicht, dass mir etwas passiert. Er hat Angst, dass ich wankelmütig werden könnte.*

Deshalb zwang sie sich zu einem Lächeln, versuchte, sich selbst zu erklären, dass sie hier und jetzt die Chance hatte, alle Zweifel ihr gegenüber auszubügeln.

„Ich habe es mir gut überlegt. Wirklich", schob sie lächelnd hinterher.

„Was bezweckst du überhaupt damit?"

„Uropa hat ein vollkommen anderes Leben geführt, als wir es uns vorgestellt haben", sagte sie, ignorierte den traurigen Zug um den Mund ihres Vaters, und erhob sich ihrerseits von ihrem Platz. Sie legte ihm, als sie ihn erreichte, die Hand auf den Unterarm. Kate hauchte ihm ein Küsschen auf die Wange, nachdem sie sich auf die Zehenspitzen gestellt hatte, und versuchte, so zuversichtlich wie nur möglich zu klingen, als sie fortfuhr: „Und das mit den Kindern ... mit Oma und Tante Mary ... das passt nicht. Greta und er haben erst über Kinder gesprochen, aber noch keine gehabt. Wer also sind diese Kinder? Und wer ist diese Carmen auf dem Bild, das Opa versteckt hat?"

„Ich kann es dir beim besten Willen nicht sagen", antwortete ihr Vater, der mit der Grillzange nach einem der Burger griff, diesen herumdrehte, und genau wie Kate dem Zischen lauschte, als die noch rohe Seite auf das heiße Gitter gelegt wurde. „Was ich weiß, ist, dass ich Angst um dich habe, mein Schatz."

„Warum?"

Sie schaute ihren Vater verwundert an, drückte seine Hand und merkte, wie eine Bindung zwischen ihnen entstand, die sie sich selbst nicht erklären konnte; die etwas in sich trug, was sie noch nie bei sich beiden gespürt hatte.

Natürlich, sie waren sich immer nahe gewesen, hatten gern zusammen gelacht und die gleichen Interessen geteilt.

Aber jetzt, hier im Garten zu stehen und zu sehen, wie sich die ansonsten heitere Miene ihres Vaters verschloss, setzte etwas in ihr frei, das sie kaum mit eigenen Worten erklären konnte.

„Weil ich nicht will, dass du verletzt wirst. Das wollte ich nie."

„Das werde ich doch nicht."

„Meinst du?", fragte er sie, während er den Kopf zu ihr drehte und in seine hellen Augen ein weicher, nasser Schimmer trat. „Was, wenn du noch mehr über Uropa herausfindest? Dass er ein Nazi war, der sein Gedankengut niemals abgelegt hat? Der es gut fand, dass Juden vergast wurden? Ich will nicht, dass dein wunderbares Herz entzweigerissen wird."

Kate, die wusste, worauf ihr Vater anspielte, weil er von Paris erfahren hatte, dass sie sich einen kurzen Brief mühevoll und in Kleinstarbeit übersetzt hatten, der eben genau diese Befürchtungen befeuerte.

„Du redest von diesem Gustav, nicht wahr? An den Uropa einen Brief geschrieben und ihn mit Sieg Heil unterschrieben hat."

„Zum Beispiel."

„Da frage ich mich aber, warum Opa die Briefe später wieder an sich genommen hat?"

Ihr Dad legte den Kopf schief. Auf seiner Stirn entstand eine steile Falte. In seine Augen trat ein fragender Ausdruck, der Kate denken ließ: *Er ist niedlich, wenn er versucht, meinen Gedanken zu folgen. So lieb und väterlich toll. Ich werde alles daran setzen, um mich nicht verletzen zu lassen, Papa.*

Das verspreche ich dir.

Ganz fest. Ganz doll.

„Ich meine", sagte sie, als sie sah, dass ihr Vater nicht dazu ansetzte, eine Frage zu stellen, „er hat diese Briefe geschrieben, ja. Aber er hat sie danach wieder an sich genommen. Er hat sie nicht in Deutschland gelassen, sondern in einem Etui versteckt. So, als wollte er sie nicht verlieren."

„Diese Dokumente hätten ihn überführt."

„Aber wir haben auch einen Brief an seinen Kommandanten gefunden", erklärte Kate, die sich daran erinnerte, wie Steve den angefangenen Brief entdeckt und sich darüber gewundert hatte, dass er nicht zu Ende geschrieben worden war.

„Seht mal", hatte Steve gesagt, und den Brief hochgehalten. „Hier geht es auch um einen Szebo."

„Und darin schreibt er über eben diese Familie, mit der ich nichts anfangen kann. Es klingt so, als wollte er von seinem Kommandanten mehr über diese Leute erfahren.

Aber ich finde weder im Netz etwas, noch konnte mir Herr Christensen aus Deutschland in diesem Punkt weiterhelfen."

„Du hast ja wirklich alles versucht und in die Wege geleitet, um vorwärtszukommen", meinte ihr Vater mit einem traurigen Lächeln auf den Lippen. „Das kenne ich ja gar nicht von dir."

„Ich will nun mal wissen, wer wir sind, und das kann ich nicht von hier aus. Es geht einfach nicht, Papa. Es funktioniert nicht."

„In Ordnung", meinte er dann, schüttelte den Kopf und drückte mit der Zange auf den durchgarenden Burger, sodass es laut zischte und das Fett in die Glut tropfte. „Dann werde ich dich wohl gehen lassen müssen, mein Schatz. Schweren Herzens.“

„Was heißt das?“, fragte sie und schaute ihren Vater schief von der Seite aus an.

Innerlich hatte sie sich darauf eingestellt, dass sie als elender Bittsteller zu Olivia gehen musste.

Zu ihrer besten Freundin, um zu fragen, ob die ihr nicht das Geld für den Flug vorstrecken und die Pension im Voraus bezahlen könnte.

Aber jetzt, wo sie sah, wie sich ein Lächeln auf die Lippen ihres Vaters stahl, er sie anschaute und mit seiner großen Hand, ihr kleines Gesicht berührte, meinte sie innerlich die ersten Raketen der Freude in sich aufsteigen zu fühlen.

„Ich werde dir das Geld geben“, sagte er, hob mahnend den Finger, als er sah, wie Kate vor Freude auf der Stelle zu hüpfen begann. „Aber …“

„Aber …?“

„Versprich mir, dass du in einem ganzen Stück wieder nach Hause zurückkommst, ja? Sei nicht zu enttäuscht, wenn es doch nichts mit der Lüftung unseres Familiengeheimnisses wird, okay? Versprich es mir.“

„Versprochen!“

Sie fiel ihrem Vater lachend um den Hals und gab ihm ein Küsschen auf die Wange.

Kapitel 3

Deutschland

Deutschland war anders als gedacht.

Es war Kate schwergefallen, einen klaren Gedanken zu fassen, während sie auf der Rückbank eines Taxis saß und nicht wusste, wie sie sich verhalten, geschweige denn unter Kontrolle bringen konnte.

Ihr noch am Flughafen mit Herrn Christensen geführtes Gespräch hatte eine weitere Ernüchterung gebracht. Eine Enttäuschung, wenn da nicht eine minimale Spur an Hoffnung in den Worten des Historikers aus Neuengamme mitgeschwungen hätte, als dieser sagte: „Also das mit der Familie Szebo kann ich Ihnen gleich sagen, die gab es hier offenbar nicht im KZ. Was aber nichts heißen muss. Obwohl die Nazis äußerst akribisch waren, haben sie dennoch versucht ihre Unterlagen und Taten zu vertuschen, die sie begangen haben. Daher kann es natürlich sein, dass es doch eine Familie dieses Namens gab. Ich werde natürlich weiterforschen.“

„Das ist sehr lieb von Ihnen.“

„Das ist mein Job. Zu Ihrem Urgroßvater kann ich nur eines sagen: Er ist der wandelbarste Charakter hier im

KZ gewesen. Einst von Pauly belobigt und geehrt, begann man sich irgendwann 1944 Gedanken um ihn zu machen.

Ich habe nicht viel in den Büchern des Kommandanten gefunden, nur so viel, dass man ein Auge auf ihn haben wollte. Ich werde mich aber noch einmal ausführlicher mit der Akte Ihres Urgroßvaters beschäftigen. Dann kann ich Ihnen mehr sagen, wenn wir uns übermorgen treffen."

Sie hatte sich mit einem kurzen Wort des Dankes verabschiedet und sich dann von dem Taxifahrer ausfragen lassen müssen, woher sie kam, was sie in Deutschland wollte und ob es ihr hier in der Provinz, nicht zu langweilig war.

„Zu langweilig?", fragte sie und schaute über den Sitz des Taxifahrers geradewegs in den Rückspiegel, um dem Mann in sein rundes, pausbäckiges Gesicht schauen zu können.

„Nun ja", sagte dieser, zuckte mit den Schultern und machte eine unbekümmerte Grimasse. „Die USA wirken so viel größer, so viel aufregender, haben so viel mehr Energie, wenn Sie verstehen, was ich meine."

„Wir haben ein Talent darin, uns Dramen zu schaffen", gab sie offen und ehrlich zu und musste über sich und die Bemerkung schmunzeln. Musste sich selbst in den Kontext ziehen und sich eingestehen, dass sie dabei war, ihr eigenes Theaterstück zu schreiben.

Was ihr gut gefiel.

Ausgezeichnet sogar.

Es fühlte sich das erste Mal in ihrem Leben danach an, als habe sie angefangen, sich um sich selbst Gedanken zu machen.

Sie hatte Unterlagen dabei, Briefe, persönliche Dinge ihres Großvaters, die sich allesamt als ausgezeichnetes Tintenfässchen erweisen konnten, in das sie nur ihre eigene Feder stecken und anfangen musste, ihre selbst erlebte Geschichte aufzuschreiben.

Was sie tun wollte, indem sie Christensen ein weiteres Mal anrief, der sich mit einem freundlichen: „Na, was gibt es noch?", meldete.

„Nur ganz kurz", sagte sie und entschuldigte sich dafür, dass sie sich schon wieder meldete.

„Solange Sie wollen. Nur habe ich gleich noch eine Führung. Daher ..."

„Es geht um die Kinder, mit denen mein Großvater in die USA immigriert ist."

„Ich bin ganz Ohr."

„In den Unterlagen stand nicht zufällig, ob er schon Vater war oder Greta schwanger gewesen ist?"

„Nein, das stand dort nicht. Es wurde nur erwähnt, dass er verlobt war, aber kinderlos."

„Also hat er die Kinder an sich genommen, weil er ... was getan hat? Warum hat er sich geändert?"

„Da kann ich Ihnen leider beim besten Willen nicht helfen. Ich kann nur sagen, was ich vorhin schon erklärt habe. Dem Lagerkommandanten sind Veränderungen an ihm aufgefallen. Mehr nicht. Es hat Hinweise gegeben."

„Hinweise?"

„Dass er dem Land und Volk nicht mehr aufrecht dienen würde", erinnerte Christensen. „Was auch erklären könnte, dass er die einst an Greta geschriebenen Briefe wieder an sich genommen und die Notizen, die er sich gemacht hat, versteckt hat. Er wollte womöglich, falls er geschnappt worden wäre, beweisen, dass er eine gedankliche Kehrtwende gemacht hatte.“

„Aber er hat seinen Namen geändert.“

„Das haben viele, wie Sie bestimmt wissen. Die meisten Nazis sind nach Südamerika geflohen. Sie haben dort neue Identitäten angenommen. Ich vermute mal, dass Ihr Großvater immer Angst vor einer Entdeckung gehabt haben wird. Egal, ob es von den Siegermächten war, oder von den eigenen Leuten.“

„Ach man“, sagte Kate seufzend. „Ich würde gerne alles sofort herausfinden. Ich würde gern erfahren, wer er war, warum er so war, und was ihn dazu getrieben hat, sich zu ändern.“

„Da werden wir die Zeit arbeiten lassen müssen. So, tut mir leid, aber ich muss los. Wir hören uns, würde ich sagen, bis …“

***

„… morgen“, sagte einer von Hans Kameraden, der heute einen ausgesprochen widerlichen, ihn erschreckenden Sadismus an den Tag gelegt hatte. Der es so weit getrieben hatte, dass die arme Frau, mit der sich sein Kollege beschäftigte, am Ende winselnd und weinend um Gnade gefleht hatte, und darum bettelte, von ihren ihr zugefügten Qualen erlöst zu werden.

Jetzt noch, als er in der Baracke stand, versuchte er nicht immer wieder die sich vor seinem geistigen Auge abspielenden Gräueltaten zu sehen, und es kam ihm so vor, als könnte er den ledernen Riemen nicht nur knallen hören, sondern vernehmen, wie er sich um Rücken und Brust der Frau wickelte. Wie er ihre Kleidung und

100

Haut aufplatzen ließ, wie eine zu lange im heißen Wasser schwimmende Bockwurst.

Ihre Schreie dröhnten in seinen Ohren und er musste die Frage zulassen, die ihn zu martern begann: *Warum lässt du das alles zu? Wieso kannst du das ertragen?*

Weil wir die überlegene Rasse sind, wollte er sich als Antwort geben und die ihn befallenden Zweifel ausmerzen, nur um zu merken, dass etwas in ihm war, das ihn schwanken und unsicher werden ließ.

Wäre ich doch bloß nicht in Bergedorf gewesen. Hätte ich nicht an der Sankt Pauli und Petri Kirche gestanden. Wäre der Windstoß nur nicht aufgekommen. Alles wäre so einfach.

Alles noch so ...

„Wühlst du da etwa in meinen Sachen?", hörte er plötzlich Gustavs Stimme hinter sich aufklingen, von einem Unterton aus Sorge und Misstrauen begleitet, der Hans Herz höherschlagen ließ.

„Ich?", fragte er erschrocken, wich einen Schritt zurück und schüttelte den Kopf. „Wie kommst du denn darauf?"

„Weil das da meine Uniformjacke ist", meinte Gustav, der ihn auf diese merkwürdige, ihn missfallende Art und Weise anschaute, sodass Hans ganz heiß wurde; unangenehm mulmig.

So wie in dem Moment, als ich ausgestiegen bin, um Carmen ihren Zettel wiederzugeben. Als ich begriffen habe, dass mich da etwas wie aus heiterem Himmel mitten in den Kopf getroffen hatte.

Es war, wie ...

Doch er wollte seinen Gedanken nicht weiterspinnen; sich diesen ihn zusetzenden Worten nicht länger aussetzen. Hans wehrte sich gegen das ihn heimsuchende Gefühl überrannt und weggespült werden. Die nichts anderes im Sinn hatten, als seine innere Überzeugung direkt und frontal anzugreifen.

Sie auszulöschen.

Und in dem Moment, als er sich gegen die durch seinen Kopf kreisenden Worte zur Wehr setzte und er glaubte ihnen trotzen zu können, begriff er, dass er sie längst zugelassen hatte. Dass sie ihm nicht nur durch den Verstand waberten, oder langsame, nachvollziehbare Kreise zogen, sondern längst tief in ihn eingedrungen waren.

Sie rasten wie frische Sonnenstrahlen, an einem ersten erwachenden Frühlingstag durch seinen Verstand. Er konnte nur die Hand heben, sie sich gegen die Stirn pressen, und hoffen, nicht zu grell geblendet zu werden.

... ein innerer Brustlöser. Das Öffnen lange geschlossen gehaltener Augen. Ich habe angefangen, meine bisherigen starren Denkmuster zu durchbrechen. Ich habe mich verändert, dachte er in einem lang gezogenen, ihn durchdringenden Echo, das unentwegt in ihm nachhallte.

„Das ist meine Jacke", sagte Gustav und riss Hans damit aus seinen Gedanken. „An der hast du nichts zu suchen. Überhaupt nichts."

Er lächelte, hob abwehrend die linke Hand und erwiderte: „Ich habe mich nur geirrt. Wirklich."

„Hast du das?"

Hans nickte. Er schmunzelte noch immer. Versuchte, unbekümmert zu sein, knuffte seinem Freund gegen die Schulter und sagte: „Du kennst mich doch. Du weißt, wie ich bin."

„Nein, manchmal weiß ich das nicht", entgegnete Gustav mit diesem stoischen, Hans abwertend betrachtenden, Gesichtsausdruck und nahm dann, ruckartig, die Jacke vom Haken. „Es fällt mir schwerer", sagte Gustav und verließ die Baracke, ohne einen weiteren Gruß.

Hans atmete erleichtert auf.

Gustav hatte ihm geglaubt – irgendwie. Er hatte nicht nachgesehen, was Hans aus seiner Jackentasche entwendet hatte, was er da an sich genommen hatte.

Seinen letzten Brief, den er Gustav geschrieben hatte, in dem er offen seine Zweifel kundtat, an dem Ganzen, was sie hier in Neuengamme taten.

Er hätte sich damit überführt und in Schwierigkeiten gebracht.

***

Hamburg, Neuengamme, Deutschland, heute:

Der vor Kate stehende Landwirt gab sich keinerlei Mühe, englisch mit ihr zu sprechen. Er fuchtelte, während er auf seinem dröhnenden und Abgase ausstoßenden Traktor saß, wild mit den Händen und deutete irgendwo hin, was für Kate überhaupt keinen Sinn ergab.

Dabei war sie, nachdem sie aus dem Taxi gestiegen war, so freundlich wie nur möglich auf den hageren Mann mit dem Vollbart, zugegangen. Sie hatte gewunken, gelächelt und ihn dann mit einem in ihrem Hals sich wie ein Kloß anfühlenden Deutsch begrüßt.

Ihr: „Guten Morgen", hatte sich in ihren Ohren vollkommen falsch und schwerfällig angehört, sodass sie deswegen am liebsten im Erdboden versunken wäre.

Was hatte sie sich nur dabei gedacht, eine Unterhaltung beginnen zu wollen, in einer Sprache, die sie überhaupt nicht beherrschte?

Als sie sah, dass der gerade auf seinen Traktor steigende Mann sich nicht um sie kümmerte, sondern sie ignorierte, war sie ins Englische gewechselt und hatte versucht, auf diese Weise an Informationen zu kommen.

Nichts Wildes, nichts Schlimmes, nur die Bestätigung, dass sie auf dem alten Landsitz von Hans Meyer angekommen war und dass sie gern einmal mit dem Besitzer des Hauses sprechen wollte.

Als der Landwirt auf seinem Traktor saß, sie anschaute und irgendetwas Unverständliches erwiderte, begriff Kate, dass sie in ihrem Tun naiv gewesen war.

Unbedacht, wie ihr Vater gesagt hätte.

Aber jetzt, wo sie in Deutschland war und sich daran machen wollte, herauszufinden, wer die beiden Mädchen ihres Urgroßvaters gewesen waren, gab es kein Zurück mehr.

Sie war jetzt hier.

Sie hatte nur drei Wochen.

Mehr nicht.

Drei Wochen, in denen sie mehrere Jahrzehnte ihrer Familiengeschichte aufarbeiten und ins Reine bringen wollte.

Nur um dann, als sie sagte: „Ich verstehe leider kein Deutsch", zu bemerken, dass sich auf dem Deich, hinter dem das Haus lag, jemand befand, den sie meinte schon einmal gesehen zu haben. Einen hochgewachsenen, dunkelhaarigen Mann, der ihr – gestern! – über den Weg gelaufen war.

Er war es gewesen, der ihr, als sie mit ihrer Handtasche in der Taxitür hängen geblieben war, geholfen hatte, sich zu befreien. Dabei hatte er sie so angeschaut und betrachtet, dass Kate geglaubt hatte, ihr wild schlagendes Herz würde ihr die Brust zerreißen.

Jetzt war er wieder hier.

Warum?

Ein Zufall?

Kate wusste es nicht zu sagen und wünschte sich, während der Traktor einen Schwall schwarzen Rauches aus seinem Auspuff ausstieß, besser vorbereitet zu sein. Dass sie nicht einfach blindlings ins Flugzeug gestiegen wäre und sich auf ein blauäugiges Unterfangen eingelassen hätte.

Sie hätte noch mehr recherchieren müssen.

Ein Netz aus Kontakten knüpfen, irgendetwas, das ihr die Sicherheit verliehen hätte, die sie jetzt schmerzlich vermisste.

In ihrer Unsicherheit holte sie die mit sich geführten Unterlagen hervor. Kate wedelte damit herum, hielt das Bild ihres Urgroßvaters in die Höhe und deutete auf das sich im Hintergrund abzeichnende Haus und fragte auf Englisch: „Ist das das Haus, was dort hinten steht?"

Der Landwirt reagierte nicht.

Er setzte seinen Traktor in Gang, fuhr an ihr vorbei und winkte sie beiseite.

Sie blieb regungslos und ratlos stehen, und sah, dass der dunkelhaarige Mann nun geradewegs auf sie zukam.

***

Viktor war, ehrlich gesagt, verwundert darüber, dass er SIE hier wiedersah. Gestern, als er dabei geholfen hatte, ihre Tasche aus der zugeworfenen Taxitür zu befreien, hatte er sich darüber gefreut, ihr zu begegnen, ihr in das schöne, weichgeschnittene Gesicht zu schauen und sich in dem Dunkel ihrer Augen zu verlieren. Da war ein ihm unbekanntes, ihm bisher nur selten begegnetes Gefühl von Kribbeln und Zucken in den Magen gefahren.

Er wollte nicht sagen – alles in ihm sträubte sich dagegen – dass ihn der Blitz aus heiterem Himmel getroffen hätte, aber in dem Augenblick, als er das unsichere Lächeln auf ihren sinnlich geschwungenen Lippen gesehen hatte, auf denen eine Spur Verlegenheit gelegen hatte, waren ihm die Knie weich geworden.

Er hatte gedacht, ihn habe jemand mit voller Wucht gegen den Kopf geschlagen.

Sein Herz hatte laut zu pochen begonnen und die wirbelnden Gedanken waren mit solch einer Geschwindigkeit auf ihn eingeprasselt, dass ihm ganz schwindelig geworden war.

Dazu kam, dass seine Blicke sich im wahrsten Sinne des Wortes an ihrem Gesicht festgesaugt hatten.

Da war nicht nur der flüchtige Gedanke von einem: *Wow, die ist aber hübsch,* in seinem Kopf entstanden, so wie es ihm ab und zu mal passierte, wenn er mit dem öffentlichen Nahverkehr fuhr und ihm eine attraktive Frau begegnete.

Das hier war anders gewesen.

Vollkommen neu für ihn.

In dem Moment, als er sie ansprach, er mit ihr redete und ihr half, die missliche Lage zu meistern, war mit ihm etwas geschehen, das er nur aus Hollywoodfilmen und Hochglanzmagazinen kannte.

Liebe auf den ersten Blick.

Für ihn waren diese Worte bisher nichts weiter als Geschwätz gewesen.

Dummes, albernes Gerede von in ihren Ehen gelangweilter Frauen, die ihren Beziehungen mit Krampf eine neue, tiefe, bedeutende Wendung geben wollten.

Die sich an dieser Vorstellung mit aller Kraft festhielten, weil sie sonst Angst hatten, umsonst gefühlt zu haben.

Viktor, der seit dem Tod seiner Mutter, kaum dazu in der Lage gewesen war, überhaupt noch positive Gefühle zuzulassen, war von sich selbst überrascht. Die in ihm mühsam verschlossene Gefühlsschleuse hatte sich mit solch einer Wucht geöffnet, die er für unmöglich gehalten hatte.

Er hatte dagestanden, nach ihrer Handtasche gegriffen, hastig irgendetwas gesagt, was er selbst nicht verstand, und war sich dabei wie ein Trottel vorgekommen, der albernes Zeug redete.

Habe ich versucht, einen Witz zu machen? Habe ich lustig sein wollen, als ich die Handtasche aus der Tür gelöst und gesagt habe: „Nur wer richtig aussteigt, kommt ans Ziel?"

War ich so albern?

Noch jetzt stieg ihm die Schamesröte wegen des blöden Spruches ins Gesicht.

Er schämte sich dafür, dass ihm seine sonst innewohnende Selbstsicherheit abhandengekommen war. Dass sie sich, um bildlich zu sprechen, einem Lemming gleich, kopfüber in die tosenden Fluten seiner in ihm aufkommenden und ihn überfahrenden Gefühle warf.

Und jetzt war sie plötzlich hier.

Stand vor Rainer Schulz, sprach wild gestikulierend auf ihn ein, und hatte keinerlei Erfolg mit ihrer Frage.

Weil er, wie ich vermute, kein einziges Wort Englisch spricht, dachte er und musste an die mit dem Landwirt ausgetauschten Mails denken, als er mit seinen Recherchen begonnen hatte.

Da waren Fehler im Schriftverkehr gewesen, bei denen Viktor niemals vermutet hatte, dass jemand ernsthaft so falsch schreiben konnte.

Was nichts zu bedeuten hat, verteidigte er sich gedanklich, weil er niemanden verurteilen wollte, der der schriftlichen Sprache nicht hundertprozentig mächtig war.

Wer war er, dass er sich über so etwas mokierte?

Er konnte dafür keine Felder bestellen, wusste nicht, wann zu welcher Zeit welche Saat in den Boden gehörte, wie man erntete oder wie man Rinder züchtete und Schafe scherte. Geschweige denn, wie man Erdbeeren anbaute, Himbeersträucher setzte oder Kirschbäume vor Vogelbefall schützte.

Jeder hatte seine Stärken und jeder seine Schwächen.

Meine ist es, sich heillos in etwas zu verrennen und dabei zu hoffen, dass alles am Ende doch irgendwie wieder gut werden wird, dachte er, während er die Hände in die Taschen steckte. Er sah, wie die Frau da hinten hilflos die Arme in die Höhe streckte und sich dann, mit einer Geste des Unmutes, herumdrehte und über den zum Feld führenden Schotterweg stolperte.

Er, um Lässigkeit bemüht, die Hände in den Hosentaschen vergraben, meinte innerlich verrückt zu werden, als er sich vornahm, sie anzusprechen. Einmal mit ihr reden und so tun, als wäre es ihm egal, dass er sie hier traf.

Dabei, und das musste er sich eingestehen, war er alles andere als locker.

Er war aufgeregt, nervös und von solch einer inneren Anspannung ergriffen, dass er sich an sein erstes Rendezvous zu erinnern glaubte. Daran, wie er damals schwitzend und mit einem Gedankenchaos zu dem Haus seiner innersten Begierde fuhr und sich sicher war, dass er jeden Augenblick mit einem Knall explodieren würde, weil er innerlich so angespannt war.

Hier war es ähnlich.

Was lächerlich war.

Total albern.

Aber er fühlte sich in dem Augenblick, als er sah, wie sie zurück zur Straße kam, wie vor den Kopf geschlagen. Von einer in ihm spielenden Melodie begleitet, die ihn auf verstörte Art an *Freude schöner Götterfunken* erinnerte.

Als er sagte: „So trifft man sich wieder", fiel ihm ein, dass sie kein Deutsch sprach. Dass sie ihn schon am Taxi mit großen, verwundert dreinblickenden Augen angestarrt und verlegen gelächelt hatte.

Er wechselte die Sprache.

Unbeholfen, stotternd und sich darüber ärgernd, dass in seinem Kopf die Worte klar und deutlich erschienen.

Nur um dann, als er versuchte, englisch zu sprechen, zu merken, dass es sich anhörte, als habe er einen Knoten in der Zunge.

Sie aber, freundlich und höflich, sich mit einer ihm mitten in die Leisten fahrenden Handbewegung, die Haare aus der Stirn wischend, legte den Kopf schief und sagte: „Einige Menschen halten offenbar nichts von Höflichkeit."

Sie sagte es mit einem süßen, breiten, einem nach Südstaaten klingenden Akzent, der Viktor an die Serie *Ein Duke kommt selten allein*, erinnerte.

Daran, wie Cousine Daisy gesprochen hatte; mit diesem süßen, breiten Ende ihrer Worte und daran, dass sie ebenso bezaubernd schön gewesen war, wie die hier vor ihm stehende Frau.

Sein Hals war vollkommen trocken.

Er stotterte irgendetwas davon, dass er nicht alles verstanden hatte, was sie gesagt hatte, und zwang sich dann, als sie den Kopf schief legte, und ihn fragend anschaute, dazu, ruhig zu bleiben.

Viktor holte tief Luft, lächelte verkrampft und meinte: „Entschuldige bitte, aber ich spreche nicht so gut Englisch."

„Wie bedauerlich", sagte sie, schmunzelte noch immer, „und ich kein Deutsch." Viktors Herz schlug schneller, als sie fragend hinzufügte: „Sie kennen sich hier nicht zufällig aus, oder?"

Er zuckte mit den Schultern und antwortete: „Es geht. Was suchen Sie denn?"

„Das alte Haus der Meyers", meinte sie, seufzte und sagte: „Ich will mehr darüber erfahren, wissen Sie? Und ich habe das Gefühl, als wollte niemand darüber spre chen, was hier einmal vor sich gegangen ist."

***

In dem Moment, als sie das sagte, meinte Kate, einen Fehler begangen zu haben. Sie sah, wie sich das gerötete Gesicht des vor ihr stehenden Mannes verschloss. Wie seine Augen sich zusammenkniffen und sie bemerkte, dass eine Spur ehrlicher Skepsis in seine Mimik Einzug gehalten hatte.

Ich kann es ihm nicht sagen, es geht nicht.

Es ist mir …

Sie traute sich zuerst nicht, weiter zu denken, nicht einen neuen Gedanken zuzulassen, der ihr die ganze Zeit durch ihren vor Verwirrung zu platzen drohenden Kopf raste und ihn noch schwerer werden ließ.

Sie seufzte, als sie begriff, dass sie den Gedanken nicht aufhalten konnte.

Dass es ihr unmöglich war, eine Sekunde das aufzuhalten, was sie dachte und fühlte.

… peinlich. Unendlich unangenehm. Ich bin die Urenkeltochter eines Nazis. Eines Mörders. Eines Mannes, der sich damit gebrüstet hat, dass er einen Menschen umgebracht hat. Der es gut geheißen hatte, zwei Tage Sonderurlaub zu bekommen.

Sonderurlaub!

Sie lächelte unsicher und fragte: „Wissen Sie etwas über das Grundstück hier?"

Er schüttelte den Kopf und antwortete: „Nein, leider gar nichts."

Sie betrachtete ihn und versuchte in dessen Gesten, dessen Mimik und in seinem Gehabe irgendetwas

111

herauslesen zu können, das ihr einen Aufschluss über das gab, was er dachte und fühlte.

Er musterte sie ebenfalls.

Was Kate dazu trieb, die Hand auszustrecken und zu sagen: „Kate Speller, hi. Wie heißt du?"

„Viktor", entgegnete er, als er zögerlich ihre Hand ergriff und, als wäre durch ihn ein kurzer, heftiger Elektroschlag gefahren, zusammenzuckte.

Sei misstrauisches Gehabe brach in sich zusammen; kurzzeitig.

Es kam ihr so vor, als verliere sein kräftig erscheinender Händedruck an Kraft und verwässerte sich.

Sie schmunzelte.

Sie fand es niedlich, wie Viktor sich benahm.

Kate fühlte sich auf eine sonderbare Art und Weise geschmeichelt.

So etwas war ihr noch nie passiert.

Natürlich, sie hatte davon gehört, davon gelesen, es im Fernsehen gesehen. Immer wieder dieser eine, dieser so heiß und innig, so sehnsüchtig erwartete Blick in den Augen des Mannes, der nicht verstehen konnte, was urplötzlich mit ihm geschah.

Es aber einmal selbst zu erleben – unmöglich.

Von Olivia, ihren Flirts, und ihrer unbekümmerten, leichtlebigen Art, war sie es gewohnt, dass Männer in ihrer Nähe dahinschmolzen, wie Eis in der Sonne.

Sie aber ...

Nein, ihr passierte so etwas nicht. Das Einzige, was bei ihr schmolz, war das Eis im Tiefkühlfach, und das auch nur, wenn sie es abtaute.

Erst als sie fragte: „Du warst gestern auch bei der Gedenkstätte, oder?", kehrte Leben in Viktors Gesicht zurück.

Der glasige, seine Augen beherrschende Ausdruck machte einem klaren, die Welt in festen Strukturen sehenden Blick Platz; was Kate bedauerte. Sie fand es schade, dass Viktors kantig wirkendes Gesicht seine weich gezeichneten Konturen verlor.

Ihr inneres Gefühl vom geschmeichelt sein, sehnte sich danach, noch einmal zu sehen, wie sich Viktors Mund ein Stück weit hob, wie seine Knie kurz nachgaben, in seine Augen der Blick in die Ferne trat. Ein Blick, wie sie sich immer ausgemalt hatte, der ihm in rasend schneller gedanklicher Abfolge eine für ihn bereitstehende Zukunft zeigte.

Ein neues, für ihn unbekanntes Leben, das sie zu gern in seinem Kopf projizieren wollte.

Du denkst wie ein albernes Kind, schalt sie sich einen Narren und löste ihre Hand aus der seinen.

„Ja", antwortete er ihr hauchend, kaum verständlich auf ihre Frage. „Sie waren auch da, oder?"

Sie lachte, bevor sie antwortete: „Sonst hätte ich dich da doch nicht sehen können."

„Stimmt."

Viktor räusperte sich.

Er lächelte verlegen und versuchte, dann wieder ruhig zu wirken.

Was ihm nicht gelang. Kate sah, dass er sich mehrmals mit den flachen Händen über die Hose wischte, dass er sich mit einer verlegenen Geste durch die Haare fuhr, oder sich mit der Zunge die spröde gewordenen Lippen leckte.

Es schmeichelt mir so sehr, dass ich nichts anderes mehr möchte, dachte sie und vergaß ihren Frust darüber, dass der Landwirt ihr gegenüber so abweisend gewesen war. Dass er sie abwies und ihr die kalte Schulter zeigte. *Ich habe das Gefühl, als öffne sich für mich eine neue Chance,* kamen ihr die eigenen Gedanken lächerlich vor.

Als Viktor fragte: „Was … was suchst du hier denn genau?", meinte sie eine weitere Spur Unsicherheit aus seinen Worten herauszuhören. So, als wollte er sich ihr gegenüber nicht kleiner machen, als er es sowieso schon getan hatte.

Was Kate nicht fand. Ganz und gar nicht.

Sie fand es niedlich. Süß. Zauberhaft.

„Ich bin dabei etwas zu recherchieren", meinte sie mit einem Anflug von Scham. Mit Christensen darüber zu sprechen, dass ihr Großvater ein SS-Mann gewesen war, hatte sie nicht gestört. Da hatte es sich erleichternd angefühlt. Jetzt aber, mit einem Fremden darüber zu reden, dass ihre Familie in die Gräueltaten des Dritten Reiches verstrickt gewesen war, fand sie unpassend. Weshalb sie sich in gedankenschneller Abfolge überredete, so zu tun, als wäre sie eine Geschichtsstudentin.

„Und über was?"

„Das Wachpersonal der KZs", antwortete sie ausweichend. „Deren Belohnungssysteme und dergleichen. Wie es möglich war, dass Menschen freiwillig anderen Menschen solche Grausamkeiten angetan haben.

Ich habe herausgefunden, dass man für besonders grausame Taten bis zu zwei Tage Sonderurlaub bekommen konnte. Und einer der Wachmänner", sie deutete auf das vor ihr liegende Haus, „hat hier wohl mal gelebt. Mich interessiert der Background der Menschen. Verstehst du das?"

„Also bist du Studentin?"

Sie nickte hastig. „In etwa, ja. Kennst du die Menschen, die hier leben?", fragte sie in einem kurzen Anflug von Hoffnung.

„Nur per Mail und aus zwei kurzen Telefonaten", entgegnete er und wollte wissen: „Was hast du denn über Hans Meyer herausgefunden?"

Sie lächelte verlegen, winkte ab und wich aus: „Nichts richtig Wichtiges, bisher. Nur, dass er hier gelebt hat, und womöglich von der Gestapo beobachtet worden ist. Das fand ich interessant."

„Gestapo?"

Sie nickte, als sie sagte: „Mehr habe ich auch nicht in Erfahrung bringen können. Ich wollte deshalb mit den Hausherren sprechen, ob diese vielleicht noch Ideen haben, wo ich noch suchen und mehr Informationen bekommen könnte. Zum Beispiel, ob sie wissen, wo die Verlobte von Hans Meyer abgeblieben ist."

„Die Verlobte?"

„Eine Greta Schafer. Ich habe keine Ahnung, ob das ihr Nachname ist. Ich weiß nur, dass es sie einmal hier gegeben hat."

„Das Miststück", sagte Viktor und ließ Kate die Augenbrauen in die Höhe ziehen. Er lachte, bevor er meinte: „Ich habe gehört, dass sie so genannt wurde."

Und du verheimlichst mir auch etwas, dachte sie.

Sie kam sich plötzlich wie Sherlock Holmes vor, der dabei war, durch eine unbedachte Handlung, ein nicht sorgsam ausgewähltes Wort, seines Gegenübers auf die Spur der Lösung des Falles zu kommen.

„Warum?"

„Ich habe auch nicht viel über sie erfahren", wiegelte er ab. „Nur, dass sie nicht sehr freundlich gewesen sein soll. Eine glühende Verfechterin des Nationalsozialismus. Ihre Familie hat von dem Aufschwung der Nazis wohl profitiert. Aber was es genau war, weiß ich nicht, und über ihre Verwandten und ob sie überhaupt welche hatte weiß ich auch nichts", er zuckte mit den Schultern.

„Darum bist du hier? Um mehr über sie zu erfahren? Weil du auch studierst?"

„Sehe ich so aus?", fragte er, während er die breite Einfahrt herunter deutete, und Kate dadurch aufforderte, mit ihm in Richtung Haustür zu gehen. „Ich bin eigentlich *nur* Schiffsgüterkontrolleur im Hafen von Kiel", sagte er mit einem beschwichtigenden, beinahe schon entschuldigenden Unterton in der Stimme. „Ich bin über einen Artikel auf das Haus hier gestoßen. Meine Schwester, die leider sehr krank ist, interessiert sich für die Geschichte der Nazis. Für sie recherchiere ich etwas. In der Hoffnung, etwas Brauchbares zu finden."

„Oh, das hört sich gar nicht gut an", sagte Kate, und fragte, wobei sie hoffte, nicht zu aufdringlich zu sein: „Ist sie schwer krank?"

„Depressionen", meinte er und winkte ab. „Aber lass uns lieber über etwas Schönes sprechen. Du kommst aus Amerika, richtig?"

„Sieht man das?"

„Man hört es", sagte er mit einem zuckersüßen Lächeln, das in Kates Bauch ein Kribbeln bescherendes

Lächeln. „Du sprichst wie Daisy aus *Ein Duke kommt selten allein*.“

Sie lachte. Dann schaute sie ihn kritisch an. „Nicht dein Ernst.“

„Doch wirklich.“

Sie lachte wieder und stellte fest, dass sie Viktor mochte.

***

„Viel wissen wir nicht, wie schon per Mail geschrieben. Außer, dass Hans Meyer in Abwesenheit enteignet wurde und er niemals wieder gesehen wurde. Also zumindest nicht von uns“, meinte die stämmige, resolut anzusehende Frau, deren Haar zu hässlichen Locken gedreht war und ihrem runden Gesicht noch mehr Volumen verlieh.

„Ich habe von einer kleinen Hütte gehört, die hier gestanden haben soll“, sagte Kate, die dem neben ihr sitzenden Viktor einen knappen Blick zuwarf und sich fragte, was in dessen Kopf vor sich ging. „Hat da jemand gelebt? Wissen Sie etwas darüber?“

Frau Schulz zuckte mit den Schultern. „Beim besten Willen, das kann ich Ihnen nicht mehr sagen. Das Einzige, was ich weiß, ist, dass das Haus hier nur renoviert, aber nie umgebaut worden ist.

Aus dem einfachen Grund“, sagte die Frau, die Viktor einen Kaffee hingestellt hatte und Kate ein Glas Cola, „weil das hier alles unter Denkmalschutz steht.

Dieses Haus hat die Bombenangriffe der Alliierten schadlos überstanden.“

„Das Haus muss doch möbliert gewesen sein, als es übernommen worden ist. Da sind Ihnen nicht zufällig Dokumente oder andere Dinge in die Hände gefallen? Irgendetwas Persönliches?“

„Mir schon gar nicht, da ich zu der damaligen Zeit noch nicht gelebt habe, als das Haus in den Besitz meiner Familie übergegangen ist. Meine Mutter und auch mein Vater haben auch nie darüber gesprochen. Es war uns egal, wenn ich ehrlich bin.

Was interessieren uns die Geschichten von früher?

Wir haben mit der Gegenwart genug zu tun.“

Kate nickte, und verkniff es sich, einen belehrenden, überheblichen Tonfall in ihre Gedanken zu legen, als ihr ein Satz, der ihr im Gedächtnis geblieben war, von ihrem Geschichtslehrer in den Sinn kam: *Nur wer die Geschichte kennt, vermeidet ihre Wiederholung.*

„Schade, dass Sie nicht mehr darüber wissen. Aber den alten Schuppen gibt es noch?“, wollte Viktor in Erfahrung bringen und übersetzte seine Frage, als Kate ihn verständnislos anschaute.

„Ja, den haben wir noch. Wird aber jetzt als Lager gebraucht. Wenn Sie wollen, können Sie sich den gern einmal ansehen. Aber ich bin mir sicher, Sie werden darin nicht finden, was Sie suchen.“

Womit Frau Schulz recht hatte.

Sie schauten in den Schuppen hinein, betrachteten die neu verkleideten Wände, begutachteten einen Aufsitzrasenmäher, ebenso allerhand andere Utensilien, die man brauchte, um ein Grundstück wie dieses hier versorgen zu können.

Es fiel ihr schwer, sich vorzustellen, dass hier einmal Menschen gelebt und bangend ausgeharrt hatten. Das hier ihre Tante und Oma gelebt hatten, in der andauernden Furcht, von den Nazis gefangen genommen zu werden.

Wieder ein Schlag ins Wasser, dachte Kate und fuhr mit ihren Gedanken fort, während sie ihren Blick durch das schummrige Dunkel des Schuppens gleiten ließ. *Hier haben sie sich versteckt. Hier haben sie versucht, nicht entdeckt zu werden.*

Uropa muss große Ängste ausgestanden haben.

Darum …

***

… fühlte er sich unbehaglich.

Obwohl die Hütte seine eigene war, er sie mit der Kraft seiner Hände errichtet hatte, kam es ihm, als er die Tür nach einem zaghaften Klopfen öffnete, so vor, als betrete er das Reich eines ihm fremden Menschen.

Da hing ein anderer, ihm bisher unbekannter Geruch in der Luft.

Ein Duft, den er vor wenigen Wochen noch als Gestank der Ungarn oder ähnliches bezeichnet hätte; in der Hoffnung, mit dieser verachtenden Bemerkung einen Lacher seiner Kameraden ergattern zu können.

Jetzt war es anders.

Es roch nach *ihr.*

Ihr und den Kindern.

Hans, der schluckte und mit brüchig klingender Stimme fragte: „Darf ich hereinkommen?", wunderte sich über sich selbst.

Was tat er hier?

Warum benahm er sich so vornehm und freundlich?

Ich darf in mein Heim eintreten, wann ich will. Es kann dem Miststück, er verbesserte sich sofort und schämte sich dafür, dass er mit Gewalt versuchte, seine Abneigung Carmen gegenüber aufrecht zu halten ... *Es kann mir egal sein, was sie denkt und fühlt.*

Sie hat Unterschlupf in meinem Haus gefunden. In meinem Heim. Sie hat mich einzulassen, wann immer ich will. Sie hat mir zu geben, was ich haben möchte.

Ich könnte sie schlagen, und keinen würde es interessieren. Ich könnte sie auf den Boden werfen und mich auf sie legen – es würde keinen interessieren.

Ich könnte eine Waffe nehmen, den Lauf auf sie richten – ihre angstvollen Blicke in meine Seele brennen lassen – und abdrücken. Keinen würde es interessieren.

Dir würde es zu schaffen machen, meldete sich eine andere, tief in ihm wohnende, ihn fertigmachende Stimme, die ihn daran erinnerte, was er getan hatte. Was er, ohne nachzudenken, für ein Schicksal über einen ihm fremden Menschen gebracht hatte.

Blicke hatten sich an ihm festgesaugt; gebrochen und leidend, und mit solch einer Furcht vor dem Tod beseelt, dass es Hans wie einen Hammerschlag getroffen hatte. Vor seinen Freunden, seinen Kameraden, vor den Augen seines Vorgesetzten, hatte er getan, als wäre es ihm egal gewesen. Als habe die Herrenrasse keinerlei Gewissensbisse und die Scham davor, Menschen vom Leben in den Tod zu befördern.

Doch er hatte es.

Bin ich dadurch kein guter Deutscher mehr?, hatte er sich gefragt, als er gnadenlos die Kugel in den Kopf des bedauernswerten Mannes gejagt hatte und er seitdem nicht mehr schlafen konnte. Er es nicht schaffte, die

Gräuel aus seinen Gedanken zu bekommen, die ihn Nacht für Nacht um seine Erholung brachten. Die ihn wispernd fragten: *Was wäre aus ihm geworden, wäre er dir nicht begegnet?*

Eine Frage, die ihn quälte. Die ihm so sehr zu schaffen machte, dass er die Auffassung ans Deutschsein als lächerlich zu empfinden begann. Ebenso das haltlose, dumme Gerede von der Überlegenheit der Deutschen an sich, anderen Völker gegenüber. Es war ihm, als habe er durch seine abscheuliche, grauenvolle Tat ein inneres Tor in sich geöffnet, das ihm seine eigene, brennende Seele zeigte.

Er schluckte schwer, als er begriff, wer er tatsächlich war.

Ein Monstrum!

Deshalb klopfte er. Darum versuchte er verständnisvoll zu sein. Das war der Grund, warum er so höflich war.

„Ich habe etwas zu Essen für euch", sagte er, als er die Tür aufschob und in das schummrige Halbdunkel der Hütte schaute. „Obst und belegte Brote."

Keine Reaktion.

Nur das heiser hervorgestoßene „Pssst", und das unterdrückte Schluchzen von Angst zerfressener Kinder, die nicht begreifen konnten, in was für schrecklich mahlende Mühlen sie geraten waren.

„Habt keine Furcht", sagte er und wusste, wie albern seine Worte klangen.

„Psssst", drang es ihm erneut entgegen, und versetzte Hans einen weiteren, harten Stich.

„Ich bringe wirklich etwas zu essen", sagte er, und schob sich in die Dunkelheit hinein, das Tablett in der

Hand, auf dem belegte Schinkenbrote lagen und zurechtgeschnittene Apfelstücke.

Jetzt, wo er in die schummrige Düsternis trat, er durch das vergehende Sonnenlicht Carmen und ihre Kinder in der hintersten Ecke der Hütte an die Wand gepresst kauern sah, versuchte er es mit einem Lächeln. Er wollte ihnen zeigen, dass er nicht gekommen war, um sich an ihrem Leid zu erfreuen. Dass er nicht der war, für den sie ihn hielten.

„Hier", meinte er, ging langsam in die Knie und stellte das Tablett ab.

Er schob es nach vorn.

„Esst!"

Carmen und die Kinder bewegten sich nicht. Sie blieben an ihrer Position und starrten ihn an. Eines der Mädchen, Hannah, meinte er, presste ihren Kopf an die Brust ihrer Mutter; wollte, wie es schien, das auf sie zukommende Unheil nicht sehen.

Das andere Kind, an dessen Namen er sich nicht erinnern konnte, klammerte sich am Arm ihrer Mutter fest. Es schluchzte unterdrückt, und wirkte auf ihn wie ein Häufchen Elend.

Ich würde dich gern drücken, dachte er, *kurz in den Arm nehmen. Dir zeigen, wer ich wirklich bin.*

Was ihn verwirrte.

Ebenso wie die Worte, die ihn heimsuchten, als er dachte: *Ihr Sicherheit geben.*

„Ich hoffe, für euch ist alles in Ordnung hier?", redete er weiter, ohne zu wissen, was er da sagte.

Carmen setzte an, etwas zu erwidern, hielt sich aber zurück. Ihr sich eben aufrichtender Körper sackte wieder in sich zusammen. So, als habe sie einem kurzen

Impuls nachgeben und das sagen wollen, was ihr auf der Zunge lag.

„Sprich", meinte er, noch immer in der Hocke, in der stillen Hoffnung, sie würde die Geste zu schätzen wissen, die er ihr anbot.

Ich will mit ihr auf Augenhöhe sein, dachte er und hätte sich dafür am liebsten geschlagen. Sein Herrengedanke meldete sich mit solch einer Wucht in ihm, dass er fast hintenübergefallen wäre.

Du willst die Welt zu einem besseren Ort machen.

Zu einem reinen Platz.

Darin haben Menschen wie Carmen nichts verloren.

Sie ist Abschaum, vergiss das nicht.

Nicht liebenswert.

Nicht lebenswert.

„Nein", sagte sie, riss ihn aus seinen Gedanken. Worüber er glücklich war. Sehr. Er wollte nicht weiter in den Geflechten hängen, wollte seinen Verstand nicht mit diesen dämlichen Parolen vergiften, die ihm unentwegt, von Plaketten, Tafeln, Radiosendungen und Fernsehauftritten eingehämmert wurden.

Sie machen uns alle verrückt, dachte er und legte den Kopf schief, als er wiederholte: „Nein?"

Sie starrte ihn finster an.

„Ich tue dir nichts. Sprich offen."

„Nein", sagte sie wieder und starrte ihn aus ihren braunen Augen an. Carmen betrachtete ihn mit einer Mischung aus Furcht und Abscheu und setzte in ihm dennoch ein Gefühl der Barmherzigkeit frei.

„Na gut", flüsterte er und schob den Teller ein Stück weiter auf sie zu. „Musst du auch nicht. Aber sei dir sicher, dass dir hier nichts passiert. Ich werde nicht zulassen, dass euch jemand etwas tut.“

Als er sich wieder aufrichtete und sich herumdrehte, hörte er sie etwas sagen. Ob zu ihm oder den Kindern, wusste er nicht. Es trieb ihn dennoch dazu zu fragen: „Was?“

Sie schwieg.

„Was hast du gesagt?“

Er klang hart, unnachgiebig. Es hallte, als würde er im KZ mit einem der Insassen sprechen. Carmens Gesicht erblasste. Ihr Schweigen brach. Sie sagte etwas, mit zitternder Stimme, was Hans wiederum wie Messerstiche mitten ins Herz traf. Er wollte nicht, dass sie sich als Gefangene sah; nicht als Sklavin eines größenwahnsinnigen Herrschers, der mit ihr tun und lassen konnte, wie es ihn beliebte.

„Ich … ich habe gesagt … dass die Kinder nichts essen sollen.“

Hans legte die Stirn in Falten.

„Ist es vergiftet?“, fragte sie, den Blick nicht von ihm nehmend. Während ihre Stimme zitterte, sie das Kinn vorreckte, schlich sich in ihre Augen ein harter, stolzer Ausdruck, der Hans beeindruckte.

Er schüttelte den Kopf und sagte: „Nein. Warum sollte ich das tun?“

„Weil *ihr* so seid.“

Ihre Worte hämmerten auf ihn ein, ließen Hans zusammenzucken und einen trockenen Hals bekommen.

„Es ist nicht tödlich“, meinte er mit schwerer Zunge, von dem in Carmen vorherrschenden Gedanken erschrocken. „Das würde ich niemals tun.“

Nein, du vergiftest nicht. Du erschießt.

„Ich glaube dir nicht.“

„Ich ... ich ... habe dich mit den Kindern hierhergeholt“, hielt er ihr entgegen. „Euch passiert nichts.“

Carmen schluckte. Sie warf einen kurzen, hungrigen, gierig wirkenden Blick auf das Brot und auf die Apfelstücke, aber sie blieb stark. Carmen nahm nichts.

„Es ist erst in Ordnung, wenn das hier alles vorbei ist“, sagte sie, mit einem erneuten, stolzen, einem nicht aus ihrem Gesicht weichenden Ausdruck. „Wenn ich wieder die sein darf, die ich bin.“

Hans nickte. Dann meinte er: „Vielleicht wird es ja eines Tages so kommen.“

Sie schüttelte den Kopf und sagte: „Es wird immer Menschen wie dich geben.“

Mit diesen Worten presste sie die Kinder wieder an sich, starrte Hans an und schien darauf zu warten, dass er die Waffe zog und ihr eine Kugel in den Kopf schoss ...

***

„Darf ich dich, äh, also ... nun, wo bist du abgestiegen ... wenn ich fragen darf“, stotterte Viktor, und kam sich dabei so albern und blöd vor, dass er am liebsten die Beine in die Hand genommen und weggelaufen wäre.

Er war ebenso enttäuscht darüber wie Kate, dass sie nichts herausgefunden hatten.

Dabei hatte er insgeheim gehofft, hier mehr über die Schwester seiner Uroma herausfinden zu können.

Nur einen Hinweis darauf, ob der in den Saum ihrer Kleidung eingenähte Schmuck gefunden worden war.

Oder sich im Besitz dieser Familie hier befand.

Was zu einfach, aber auch zu schön gewesen wäre.

So hätte er nur den Brief von Carmen zücken, ihn der dicken Landwirtin zeigen und sein ihm gehörendes Eigentum an sich nehmen können.

Aber jetzt, wo er dastand, sich wie überfahren fühlte, und nicht wusste, warum er unbedingt weiter in der Nähe von Kate bleiben wollte, kam er sich wie beschwingt vor. Davongetragen. Federleicht.

Und das von einer einfachen, flüchtigen Berührung ihrer Hand, als sie zusammen aus dem Haus getreten waren. Sie hatte, ebenso wie er, nach der Türklinke gegriffen und hatte dabei sanft, zart, einem Federstrich gleich, seine Fingerspitzen gestreift.

Er war wie erstarrt gewesen.

Kaum in der Lage, einen klaren, einfachen Gedanken zu fassen. Es hatte sich in seinem Inneren wie durcheinandergewirbelt angefühlt. So wie damals, als er vergessen hatte sein Fenster bei einem heftigen Ostseesturm zu schließen.

Der Wind hatte, so wie seine Gefühle jetzt, alles in seiner Wohnung aus den Regalen gefegt. Wasser war auf den Fußboden gespült worden und hatte Viktor glauben lassen, vor einem niemals lösbaren Problem zu stehen.

So wie hier.

Er wollte sich nicht verrennen; wollte sich nicht wie ein liebestoller Teenager Gefühlen, Emotionen und anderem verliebten Unsinn hingeben.

Aber als sie seine Hand berührte, sie ein „Sorry", ausstieß und einen halben Schritt zurückmachte, hatte er seinen Blick nicht von ihr nehmen können.

Ihm waren erneute, unbekannte Impulse durchs Herz geschossen.

Die es schafften, in seinem Magen ein ihn verwirrendes, ihm merkwürdig erscheinendes Feuerwerk zu zünden, von dem er immer mal wieder gelesen hatte. Was ihn damals dazu brachte, die Augen zu verdrehen. Als Jugendlicher hatte an den Unsinn der wie ein Blitz einschlagender Liebe nie geglaubt.

Es gab es wirklich.

So verrückt es war.

Da war etwas in ihm explodiert, hatte einen Sternenregen aus liebestollen Gedanken, Hoffnungen und Träumen in ihm ausgelöst, sodass er sich fragte, ob er den Verstand verloren hätte.

Das war albern.

So etwas gibt es nicht, sagte er sich, musste sich aber sofort revidieren.

Spürte er es denn nicht in sich?

War es nicht so, dass er sich in einer rasend schnellen Abfolge von durch seinen Verstand hämmernden Bildern ausgemalt hatte, wie es sein würde, wenn er Kate fragte, ob er sie ausführen durfte? Zu einem schönen, abseits des Gänsemarktes liegenden Restaurant? Einen Blick auf die Alster ermöglichen, während sie dasaßen, redeten und den Flair Hamburgs genossen?

War das nicht das Bild gewesen, das ihm durch den Kopf ging, als sie seine Hand berührte?

Er nickte sich zu.

„Ich wohne in einer Pension", sagte sie, suchte den richtigen Wortlaut und sah dabei niedlich aus, als sie ihre Stirn in Falten legte. „In Curslack?"

„Das ist nicht weit von hier“, erwiderte er, wischte sich mit gespreizten Fingern durchs Haar und versuchte, bei seinen nächsten Worten leicht und locker zu klingen. „Ich kann dich fahren“, um dann hinterher zu schieben: „Nur wenn du willst natürlich. Ich möchte dich nicht drängen.“

„Ich steige nicht gern zu Fremden ins Auto, wenn ich ehrlich bin.“

„Oh“, meinte er und spürte die Enttäuschung ebenso in sich aufsteigen, wie den Kummer, sie nicht wiedersehen zu können. „Ich wollte nicht aufdringlich sein.“

„Bist du nicht“, sagte sie, holte ihr Handy aus ihrer kurzen Jeanshose, hielt es sich ans Ohr, nachdem sie gewählt hatte, und bestellte sich ein Taxi. „Hallo, Speller hier. Ich würde gern ein Taxi rufen. Ja, genau. Zurück zur Pension *Elbblick*.“

***

„Ich weiß“, sagte Viktor verlegen, als er vor Kate stand, und sich vollkommen albern vorkam. „Das hätte ich nicht tun dürfen. Aber ...“

Kate schaute ihn verwundert an, so als hätte sie niemals im Leben damit gerechnet, Viktor so schnell wiederzusehen.

Als sie gerade von Frau Kleinschmidt auf ihrem Zimmer angerufen wurde, hatte sie alles erwartet, nur nicht das.

In ihrer ersten naiven Annahme hatte sie in Betracht gezogen, dass die Inhaberin der Pension sie zum Frühstück hatte rufen wollen. Eine Aufmerksamkeit des Hauses, wie man in Deutschland wohl sagte, um den

Gästen ein Gefühl der Wertigkeit zu geben; das Wissen, geschätzt und gesehen zu werden.

Kate, die nichts ahnend den Telefonhörer abgenommen hatte, noch dabei, sich die Haare trocken zu rubbeln, war irritiert gewesen, als sie hörte: „Besuch für Sie, Miss Speller."

„Für mich?"

„Jemand, der Sie gern sprechen möchte."

Kate, verwundert und nicht verstehend, was hier gerade passierte, hatte gestammelt: „Ich, äh, bin gleich da", um dann eilig in Top, Rock und Flipflops zu schlüpfen.

Jetzt, wo sie vor dem sichtlich verlegenen und um die richtigen Worte kämpfenden Viktor stand, kam sie sich in ihrer Aufmachung und ihrem noch immer feuchten Haar albern vor.

Sie wünschte sich, warum auch immer, plötzlich an einem anderen, sicheren Ort zu sein, an dem sie sich nicht vorkam, als wäre sie vor die Wand gelaufen.

„Ich … ich … wollte dich wiedersehen", murmelte er verlegen, legte sich die Hand in den Nacken und versuchte es mit einem kurzen, knappen, schelmischen, jungenhaften Lächeln.

Was ihm nicht gelang.

Ganz und gar nicht.

Er wirkte wie eine der zahlreichen, in den Zeitungen abgelichteten, Karikaturen des Lebens. Einem Mann gleich, der einen viel zu großen Mund und eine viel zu kleine Nase hatte. Der versuchte, sich durch die Irrungen des Seins zu kämpfen, ohne dass es ihm auch nur ansatzweise gelang.

Dann, in einem kurzen Anflug von Unsicherheit, streckte er ihr die Hand entgegen und sagte „Guten Morgen!", um dann ein „Äh", hinterherzuschieben.

„Guten Morgen." Sie lachte, als sie nach seiner Hand griff.

„Soll ich für Ihren Gast mitdecken?", wollte die Wirtin wissen.

„Willst du?", fragte Kate.

„Nur, wenn es ... also ... ja ... ich weiß nicht, soll ich?"

„Sollst du", sagte sie und musste wieder lachen, obwohl sie es nicht wollte.

Aber die Situation, in die Viktor sie beide gebracht hatte, in der sie sich jetzt befanden, hatte etwas Surreales, etwas noch nie für Kate Dagewesenes.

Natürlich hatte sie schon gesehen, wie Menschen in Unsicherheit gerieten, die plötzlich nicht sagen konnten, was sie wollten. Denen die Sprache abhandengekommen war und sie verwirrt darum bemüht waren, die Haltung zu wahren.

Das habe ich bisher nur bei Olivia gesehen, wenn ein Mann ihr gegenübersteht.
Aber bei mir?
Niemals!

„Ich ... ich ... nun ... du gehst mir irgendwie nicht aus dem Kopf", gestand Viktor ihr, als sie an einem Tisch Platz nahmen, der draußen auf der Terrasse stand; einen Blick auf weit angelegte Felder warf, auf denen Kühe grasten.

In der Ferne hörten sie ab und zu Autos vorbeifahren, oder die Stimmen von sich begrüßenden Menschen. Die hoch am Himmel stehende Sonne ließ erste wärmende Sonnenstrahlen auf sie niederfallen, und machte es Kate leicht, sich zu entspannen und sich in Viktors Nähe wohlzufühlen.

Er hatte etwas Niedliches an sich, so, wie er dasaß, verlegen nach den richtigen Worten suchte und dabei bemüht war, nicht eine Sekunde den Dummkopf zu spielen.

Kate, die wusste, wie er sich fühlte, da sie mehr als einmal gehofft hatte, dem Menschen zu gefallen, der ihr gegenübersaß, ohne den erwünschten Erfolg erzielen zu können, fragte: „Du kennst dich hier in Hamburg aus?“

„Etwas“, sagte er, um dann den Kopf zu schütteln. „Eigentlich überhaupt nicht. Ich bin hier genauso fremd, wie du. Obwohl ich nur zwei Stunden von Hamburg entfernt in Kiel lebe, war ich nie oft hier.“

Sie schmunzelte und sagte: „Da haben wir doch etwas gemeinsam.“

Viktor schaute auf. „Was denn?“

„Wir sind fremd hier und wir suchen irgendwie das Gleiche, oder?“

„Du meinst wegen Greta?“

Sie nickte. „Und auch Hans Meyer.“

Viktor verzog das Gesicht.

„Ist es nicht so?“

Er zuckte mit den Schultern und antwortete: „Irgendwie schon. Ja. Auf jeden Fall merkwürdig, dass wir beide uns hier treffen und uns über die gleichen Menschen erkundigt haben.“

„Bist du ehrlich und sagst mir, wieso du dich für Hans und Greta interessierst?“

„Wie gesagt …“

„Ich verstehe“, sagte sie und winkte ab. Sie hatte nicht angenommen, dass Viktor alles herausposaunen würde.

Warum sollte er auch?

Sie hatten sich gerade erst kennengelernt und waren beide auf eine sonderbare Art und Weise beschämt darüber, wieso sie das KZ aufgesucht hatten.

„Du bist aber nicht mit ihr verwandt, oder?“, fragte sie einem Impuls folgend.

Viktors Augen weiteten sich und er rief: „Mit dem Miststück?“, nur, um sich dann hastig zu verbessern. „Entschuldige. Das ist mir nur so herausgerutscht.“

Kate lachte. „Schon gut.“

„Das wollte ich wirklich nicht sagen.“

Sie winkte erneut ab.

„Ich … ich … ich muss kurz aufs Klo“, sagte Viktor, erhob sich hastig von seinem Platz, ohne dass er einen Blick für das schöne, opulente Frühstück übrig hatte, das die Gastwirtin auftischte, als er aufstand.

Da waren frisch geschnittene Melonenscheiben, Gurken, mit Kräuterlingen bestreute Tomaten. Lecker aufgebackene Brötchen. Gerade erst aus dem Toaster gesprungener Toast. Dazu duftete der bestellte Tee minzig weich in ihrer Nase und ließ Kate merken, wie hungrig sie war.

Gerade als die Gastwirtin fragte: „Geht es Ihrem Freund nicht gut?“, klingelte ihr Handy.

Verwundert darüber, dass sie angerufen wurde – in den Staaten war es jetzt mitten in der Nacht – hob sie ihr Handy und sah eine fremde, ihr unbekannte Nummer. Sie entriegelte mit einem Streichen des Daumens über das Display ihr Smartphone und meldete sich: „Speller."

„Hallo, Schulz hier. Wir hatten gestern kurz das Vergnügen, uns kennenzulernen."

Kate nickte und sagte dann: „Hallo. Was kann ich Gutes für Sie tun?"

„Nun, es ist mir etwas unangenehm, aber ich habe noch einmal kurz mit meinem Mann gesprochen, und der meinte, dass wir sehr wohl noch etwas von früher in unserem Besitz haben. Nicht viel und für uns nicht interessant. Aber wir haben noch einige Briefe, Fotografien und Ähnliches hier herumliegen. Irgendwo oben auf dem Dachboden.

Und mein Mann wusste auch noch, wie die Bekannte Ihres Urgroßvaters hieß. Greta Schäfer."

„Greta Schäfer", echote Kate.

„Ja, die Tochter eines Fuhrunternehmers hier aus Vierlanden. Das Unternehmen gibt es sogar heute noch. Also, wenn Sie möchten, schicke ich Ihnen die Anschrift und Telefonnummer des Inhabers. Soll ich?"

„Das wäre so nett und würde mir unendlich viel helfen. Vielen lieben Dank."

***

„Ich weiß", meinte Viktor, mit sichtlicher Verlegenheit in der Stimme, „dass ich dich überfallen habe. Aber da ich gerade keine Termine habe und ich hoffe, du auch nicht, wärst du nicht abgeneigt, dass ich dir mal etwas von den Vierlanden zeige?"

Sein Herz begann wieder wie wild zu schlagen, als er sah, wie Kate, die eine Nachricht in ihr Handy tippte, den Kopf hob, ihn anlächelte und sagte: „Das wäre sehr schön."

„Du hast wirklich nichts vor?"

„Noch nicht", meinte sie, sah aus, als wollte sie ihm sagen, dass ihr etwas Aufregendes widerfahren war, um dann doch den Mund zu halten. „Was hast du denn vor?"

„Nicht viel. Ich will dir nur etwas die Umgebung zeigen. Hast du Lust mit mir, also, nun, möchtest du mit mir essen gehen?

Im *Goldenen Kringel* schmeckt es hervorragend."

„Klingt gut."

„Tatsächlich?"

Kate nickte. „Es würde mich sehr freuen, wenn wir mehr Zeit miteinander verbringen könnten."

***

Was sie dann taten, auf eine Kate gut gefallende und faszinierende Art und Weise. Besonders dadurch, weil sie sich über sich selbst freute. Sie lachte, als Viktor mit ihr in Richtung Fähre schlenderte und sagte: „Auf Deutsch klingt das wirklich gut. Sag es noch einmal, für mich. Bitte."

Es war ihr unangenehm und angenehm zu gleich.

Ein Gefühl ehrlicher Unsicherheit ergriff sie.

Es war ihr unangenehm, weil sie mit dieser Art von Blicken nichts anfangen konnte. Es war ihr peinlich, ihr fremd, dass ein Mann ihr eine Sekunde tief in die Augen schaute, wie Viktor es getan hatte, als er vor ihr stehen blieb, und meinte: „Ich liebe dich, heißt es auf Deutsch."

134

Und im gleichen Moment hatte es ihr gutgetan, im Mittelpunkt seines Interesses zu stehen. Den seichten Wind in den Haaren und auf dem Gesicht zu spüren, das Kreischen der Möwen im Ohr. Sie konnte sich nicht sattsehen an der blau dahinfließenden Elbe, an den Deichverläufen, den Häusern, die mit Reet bedeckt waren.

Und dann der Klang seiner Stimme, als er aus dem ihm ungewohnten Englisch ins Deutsche wechselte. Sie liebevoll knuffte und ihr zuflüsterte: „Sag es. Es ist ganz leicht.“

„Isch lib dick ... dick ... dich“, verbesserte sie sich und musste lachen, als sie seinen amüsierten Gesichtsausdruck erkannte.

„Fast gut“, meinte er.

„Es war falsch“, erwiderte sie lachend.

„Ich“, sagte er und forderte sie dann auf Englisch auf. „Sprich mir nach. Ich ...“

„Isch ...“

„Ich“, verbesserte er sie.

„Ich ...“

„Liebe.“

„Lib ...“

„Liebe“, sagte er und kam ihr dabei so nahe, dass sie ihn riechen konnte. Ihr Herz machte plötzlich einen Sprung und ließ sie glauben, den durch ihren Kopf jagenden Schwindel nicht aushalten zu können. Als sich dann noch seine Fingerspitzen auf ihre Lippen legten, und er erneut sagte: „Liebe“, meinte sie, ihre Knie würden jeden Augenblick nachgeben.

„Liebe“, hauchte sie.

„Dich.“

„Dich“, wiederholte sie, zart, von einer solchen Feinheit begleitet, dass sie am liebsten die Augen geschlossen und die Lippen gespitzt hätte. Nur noch einmal sehen, wie sich in seinem Mundwinkel ein Lächeln kräuselte. Wie er von einer plötzlichen Nervosität ergriffen wurde; sein linkes Bein zitterte.

„Ich liebe dich“, sagte er und forderte sie auf, es einmal komplett zu sagen.

„Ich liebe dich“, wiederholte sie und hörte den harten, ihr ungewohnten, deutschen Klang aus jedem einzelnen Wort heraus.

„Jetzt sprichst du deutsch“, meinte Viktor, die Hand nach ihren Lippen ausgestreckt, diese mit seinen Fingerspitzen sanft berührend. „Die schönsten drei Wörter, die wir haben.“

***

„Ach“, Viktor winkte ab, nachdem er sich an die Reling der Fähre gestellt hatte und den Blick über das aufgewühlte, wellenschlagende Wasser schweifen ließ. „Eigentlich ist das alles für mich nur eine fixe Idee hier“, meinte er. „Ich will meinem Bruder helfen und meinem Vater ebenso. Irgendwie eine Möglichkeit haben, um den Betrieb meiner Eltern zu retten.“

„Ich dachte, du bist wegen deiner Schwester hier.“

„Auch“, sagte er, schüttelte den Kopf, und hatte plötzlich etwas Verletzliches, ihn sensibel erscheinen Lassendes an sich, das Kate gut gefiel. Das ihr zeigte, dass sie sich noch weiter zu ihm hingezogen fühlte. In ihr den Wunsch entstehen ließ, mehr Zeit mit ihm zu verbringen.

„Es ist kompliziert. Ich habe mich da wohl in etwas verrannt", sagte er, winkte wieder ab, wandte den Kopf und schenkte ihr ein ihre Knie weich werden lassendes Lächeln. „Dachte mir, wenn ich den Familienschmuck finde, kann ich uns aus der unangenehmen Lage bringen, in der der Laden momentan steckt.

Aber bis auf das Miststück und eben Hans Meyer habe ich nichts herausgefunden. Gar nichts. Ich habe nur die alten Briefe meiner Uroma, die sie von ihrer Schwester bekommen hat und darin habe ich keinen Hinweis gefunden, bis auf die Antwort einer ihr wohl gestellten Frage, dass der Schmuck in den Saum ihres Kleides eingenäht sei."

„Sie war eine Insassin im KZ?"

„Das vermute ich", sagte Viktor. „Christensen ist so lieb und bemüht sich, aus den über 100.000 Gefangenen meine Verwandte zu finden."

Er schüttelte den Kopf, betrachtete sie und fragte dann: „Kommst du denn mit der Forschung voran? Bist du schon einen Schritt weiter?"

Ihr wurde unbehaglich zumute. Sie wollte kurz sagen, dass sie sich mit Maximilian Schäfer verabredet hatte, dass sie sich treffen wollten.

Aber sie schwieg.

Kate zuckte mit den Schultern, wiegelte ab und spürte eine Ahnung in sich aufsteigen, die ihr ganz und gar nicht gefiel.

Die das herrlich leichte Gefühl der Zufriedenheit in ihr, Stück für Stück vernichten wollte. Dass ihr so zusetzte, dass er selbst den eben auf dem Deich erlebten Moment, zu zerstören drohte.

Nur um dann gerettet zu werden.

Viktor berührte ihre Hand; sanft, zart, auf eine ihr gefallende Art und Weise unschuldig.

„Sorry", sagte er, strich ihr liebevoll mit dem Finger über die Haut und flüsterte: „Du fühlst dich so schön an

…

Kapitel 4

Dem Rätsel auf der Spur

„Wir waren nicht sehr glücklich darüber, was mein Großvater getan hat", meinte Maximilian Schäfer leise, nachdem er Kate einen Platz angeboten hatte, und sie fragte, ob sie etwas trinken wollte.

Was sie ablehnte.

Sie war zu aufgeregt, um irgendetwas zu sich zu nehmen.

Da waren so viele Emotionen in ihr, die sie schlecht geordnet bekam.

Nicht nur, dass sie an Viktor denken musste, daran, wie er mit ihr zusammen über den Deich flaniert war, er sie zu einem leckeren, vorzüglichen Essen in den *Goldenen Kringel* eingeladen hatte, und sie eine kurze Fährfahrt am Zollenspieker Fährhaus unternommen hatten, war etwas geschehen, das sie sich nicht erklären konnte. Nachdem sie auf die Fähre gegangen waren, die mit laut dröhnendem Motor, einer das Wasser aufwühlenden Schiffsschraube, ablegte, war es ihr so vorgekommen, als würde er ihre auf der Reling liegende Hand absichtlich berühren. So als wollte er sich ernsthaft davon überzeugen, dass sie sich so gut anfühlte, wie er es sich ausgemalt hatte.

Und was sie verwunderte, war, dass sie nicht zurückgezuckt war.

Sie hatte den über ihr Gesicht streichenden Wind ebenso genossen, wie den Geruch des Wassers in der Nase und die sanfte, liebevolle Berührung seiner Finger an ihren. Als sie den Kopf hob und ihren Blick von der an ihr vorbeiziehenden, grünen Landschaft nehmen konnte, hatte sie zu ihm geschaut. In seine Augen. In jenes weiche, zart geschnittene Gesicht, das ihr schon gut gefallen hatte, als sie ungeschickt aus dem Taxi gestiegen war.

Wärme war ihr durch den Magen gefahren.

Ihre Knie zitterten und in ihrem Hals war eine Enge zu spüren, die sie mit einem Räuspern nicht hatte lockern, geschweige denn beseitigen können.

Am meisten verwirrt mich noch immer das Gefühl von zugelassener Nähe, dachte sie jetzt und spürte einen wohlig warmen Schauer, der ihr bisher bei keinem anderen Mann begegnet war.

Sie fühlte sich frei in seiner Gegenwart.

Viktor gab ihr das unerwartete Gefühl richtig zu sein.

„Viel ist es nicht, was ich Ihnen erzählen oder zeigen kann", riss Maximilian Schäfer Kate aus ihren Gedanken und deutete auf eine Fotografie einer alt gewordenen, freundlich in die Kamera lächelnden Frau. „Aber meine Mutter hat schon Schuld auf sich geladen und hat mit Ihrem Großvater einiges zu tun gehabt, wie Sie ja schon in Erfahrung gebracht haben."

Sie nickte. „Ja, sie waren offenbar verlobt."

„Und verliebt, wenn man den Aufzeichnungen meiner Mutter Glauben schenken soll. Auf jeden Fall bis zu dem Zeitpunkt, als sie in Bergedorf spazieren waren und Ihr Urgroßvater ein Blatt Papier aufhob, es sich anschaute und stutzte. Was er genau gelesen hat, oder wieso meine Mutter daraufkam, dass es gerade der Augenblick war, der alles veränderte, bleibt wohl in der Vergangenheit verborgen. Und“, er zuckte mit den Schultern, „ich kann die Gedanken und Entscheidungen Ihres Urgroßvaters nicht mehr rekapitulieren. Seine an meine Mutter geschriebenen Briefe sind verschwunden.

Sie sagte immer“, er lachte leise, während er den Kopf schüttelte, „er habe sie ihr gestohlen. Sie ihr wieder abgenommen. Die kleine Schachtel, die sie hatte, um seine Briefe aufzubewahren, hatte er angeblich geklaut. Ob es wahr ist“, er machte eine hilflose Geste, „kann ich nicht sagen.“

„Er hat ihre Briefe mit in die USA genommen. Es stimmt“, bestätigte Kate.

„Wirklich?“

„Ich glaube, er wollte seine Spuren hier verwischen. Aus Angst. Er hatte Furcht, überführt zu werden. Dass ihre Mutter zum Beispiel eine Anzeige in den USA schalten könnte und ihn als Nazi denunziert.“ Jetzt war sie es, die mit den Schultern zuckte. „Aber das werde ich wohl niemals herausfinden.“

„So wissen wir wenigstens, dass er sich geändert hat. Bei ihm war das Gift der Nazis noch nicht so tief in den Kopf gedrungen, wie bei meiner Mutter. Sie war ihr Leben lang davon vergiftet.“

Kate lächelte milde. Es kostete ihr sichtlich Mühe, dem schweren, mit deutschem Dialekt behafteten Englisch zu folgen.

„Na ja, wollen wir doch mal anfangen", sagte Schäfer, der hochgewachsen war und noch immer gut aussehend für sein Alter. Der Mann, der mit solch einer Agilität aus seinem protzigen, schwarzen Mercedes gestiegen war, als er sie an der Pension abgeholt hatte, die Kate beeindruckte. Die nicht erwartet hatte, einem so offenen und so herzlich erscheinenden Mann zu begegnen.

Als sie telefonierten, kurz miteinander sprachen, und er meinte, er würde sich gern einmal mit ihr treffen, hatte er sich geschäftsmäßig und wenig menschlich interessiert gezeigt. Was sich änderte, als sie aus der im Sonnenlicht daliegenden Pension trat, sich ihr mit Blumen bedrucktes Top zurechtrückte und sich fragte, ob ihr Wickelrock, den sie trug, zu eng war und ihren Körper zu sehr betonte.

Schäfer hatte, als sie in seinem Wagen saß, sofort eine zwanglose Unterhaltung begonnen, hatte Anekdoten zum Besten gegeben, und sie zu seinem Büro gebracht, das er nahe beim Oortkatensee unterhielt. Ein kleines, schmuckes Gebäude, bei dem man niemals vermutet hätte, dass hier die Zentrale eines Fuhrunternehmens untergebracht war.

„Hier ist nur mein Dreh- und Angelpunkt, mein Homeoffice, wenn Sie so wollen", erklärte er ihr, als sie sich umschaute und meinte, den Duft der Vergangenheit einatmen zu können. „Eigentlich sitzen wir in Rothenburgsort. Da arbeiten meine Angestellten und da starten die Lkws. Hier bin ich nur, wenn ich mich mit

Kunden treffe oder in Ruhe arbeiten will. Oder“, er hatte gelächelt, „mich über die Werdegänge unserer Familien austauschen will.“

Sie lächelte dankend und fragte: „Hier hat Ihre Mutter also gelebt?“

„Mit ihrem Vater, ihrer Mutter, den drei Geschwistern und ihrem späteren Ehemann … meinem Vater.“

„Beide leben nicht mehr?“

„Schon lange nicht mehr“, sagte er und winkte ab. „Mein Vater ist in den 1980ern bei einem Verkehrsunfall ums Leben gekommen, meine Mutter kurz vor der Jahrtausendwende an Altersschwäche gestorben. Sie hatte nicht das Glück wie Ihr Urgroßvater über hundert zu werden.“

Kate lächelte hilflos und nahm das darauffolgende „Mein Beileid übrigens dazu“, mit einem sich für sie merkwürdig anfühlenden Gefühl entgegen.

„Ein stolzes Alter“, meinte Schäfer, als er sich aus einer bereitstehenden Karaffe Selters in ein blank poliertes Glas füllte und wissen wollte: „Sie möchten wirklich nichts trinken?“

„Ich möchte mehr über Greta erfahren“, gestand sie und ließ ihren Blick dabei über die Wände des Hauses streifen, über die Bilder, die unterschiedliche Lkw-Typen zeigten. Die Fotografien beherbergten, die noch in Schwarz-Weiß gehalten waren.

Bilder, die stolz grinsende Männer präsentierten, die ihres Lebens froh waren und nicht verbargen, was sie alles erreicht hatten.

„Was denn genau?“, wollte Maximilian wissen, der leise seufzte. „Ich hoffe, ich verkläre die Situation nicht zu sehr. Schließlich war sie meine Mutter.“

„Ich möchte Ihre Mutter auch nicht in Misskredit bringen“, sagte sie abwehrend, die Hände erhoben. „Mir geht es nur darum, herauszufinden, wer meine Familie ist.“

„Ich kann nur sagen, dass ich mich nicht glücklich schätze, wie wir den Goldenbaums damals das Haus und das Fuhrunternehmen abgenommen haben“, meinte Maximilian, der sich schwer in seinen Sessel zurücklehnte, den Kopf schüttelte und sagte: „Mein Großvater schlug zu, als die Stunde günstig war. Die Juden wurden enteignet oder vertrieben und er übernahm daraufhin dieses Geschäft. Er schloss Verträge mit mehreren Unternehmen, auch mit den Nazis und gewährleistete so seiner Familie einen gewissen Reichtum, der ihn so weit brachte, dass sie unabhängig leben konnten.“

Kate nickte und machte ein verschlossenes Gesicht. Was Maximilian so interpretierte, dass er sich dazu genötigt sah, zu sagen: „Wie gesagt, ich heiße das alles nicht gut und es tut mir unendlich leid, was den Goldenbaum widerfahren ist. Und weil ich mir der Schuld bewusst bin, die meine Familie auf sich geladen hat, war ich schon sehr früh dabei, Versöhnung zu schaffen.“

„Wie gesagt, ich wollte Ihnen keinen Vorwurf ...“

„Nein, nein, schon gut“, sagte Maximilian, indem er die Hand hob und Kate unterbrach. „Ich möchte mich nur erklären und Ihnen zeigen, dass ich darum bemüht bin, so viel Licht wie möglich ins Dunkel dieser Zeit zu bringen. Ich bin Geschäftsmann, natürlich. Und daran interessiert Geld zu verdienen. Aber ich will auch, dass man sich seiner Vergangenheit immer bewusst ist. Deshalb habe ich eine Plakette anfertigen lassen, die ich am Hauseingang angebracht habe. Jeder, der zu mir kommt, soll sehen, dass ich mir bewusst bin, woher mein Geld stammt."

Kate erinnerte sich an das in Silber gehaltene an der Wand hängende Schild.

„Deshalb unterstütze ich auch das KZ Neuengamme mit einer jährlichen, sehr großzügigen Spende. Ich will, dass jeder weiß, was wir getan haben und wie es dazu gekommen ist.

Himmel, so etwas darf niemals wieder passieren, oder?

Ich meine, die Nazis haben es geschafft, den Verstand meiner Mutter ihr Leben lang zu vergiften. In ihren jüngeren Jahren, als ich noch ein Kind war und später ein Jugendlicher, da hat sie ihre Meinung noch gedeckelt bekommen. Sie hat nicht viel über früher gesprochen, aber als mein Vater starb und ich das Unternehmen übernahm, brach es immer wieder aus ihr heraus. Unangenehme, böse Weltansichten, die mich von ihr noch mehr entfernten, als es sowieso schon der Fall war.

Darum war es mir so wichtig, die Plakette aufzuhängen, mich für Versöhnung und Verständigung einzusetzen und meine Familiengeschichte so offen wie möglich zu halten.

Diese Augenwischerei, die es heutzutage wieder gibt, diese Strömungen", er schüttelte den Kopf und flüsterte: „Auch bei Ihnen. Allein das ekelhafte Gerede dieses Trumps und seiner Anhänger, lassen mich übel werden.

Ich weiß, was es heißt, wenn eine Familie Schuld auf sich geladen hat."

Kate, die geahnt hatte, dass sie früher oder später auf die letzten, wilden politischen Jahre in Amerika angesprochen werden würde, hob abwehrend die Hände und meinte plötzlich zu begreifen, was Maximilian Schäfer sagen wollte. Warum er so energisch von der eigenen Vergangenheit sprach. Dass es einfach war, wenn man den Kopf wegdrehte und sich nicht mit dem auseinandersetzen wollte, was hinter einem lag.

Weil man sich auf seine Art und Weise schuldig fühlt, dachte sie, und nickte, als sie sagte: „Darum bin ich ja hier. Ich möchte verstehen, oder begreifen, was meinen Urgroßvater verändert hat. Warum er plötzlich den Weg nach Amerika eingeschlagen hat."

„Ich habe da eine Vermutung", sagte Schäfer ruhig, der sich von seinem Platz erhob und meinte: „Kommen Sie. Ich habe die Originale ja aufbewahrt."

Kate legte den Kopf schief. Sie schaute ihn fragend an. Er lächelte. „Ich habe einige Briefe meiner Mutter gefunden, zwei ihrer alten Tagebücher. Sie hat diese zum Glück aufbewahrt und auch nicht beim großen Sturmlauf verloren. Sie ist nicht geflohen, sondern hat hier ausgeharrt, als die Engländer kamen.

Glück im Unglück, würde ich sagen."

„Wie meinen Sie das?"

„Unser Glück, dass meine Mutter so halsstarrig war, nicht gehen zu wollen, während mein Vater es gut verstand, mit den Alliierten zusammenzuarbeiten. Er verlor sein Unternehmen nicht, nachdem mein Großvater verhaftet und angeklagt worden war, wegen Mittäterschaft und Ähnlichem. Er kam aber nicht ins Gefängnis, wenn Sie das fragen wollen.

Er wurde freigelassen, weil", er hob den Zeigefinger, „er Nützlichkeit besaß. Nicht nur über Daten und Informationen, sondern auch mit seinem Unternehmen helfen konnte, das wieder aufzubauen, was er durch seine Tatkraft zerstört hat.

Nun ja, das meine ich mit Glück im Unglück gehabt.

Meine Mutter hat die Niederlage des Deutschen Reiches nie verwunden.

Sie hat stets der *guten alten Zeit*, wie sie es immer nannte, nachgetrauert. Na ja und darum an einigen lieb gewonnenen Briefen, Tagebüchern und Dokumenten festgehalten.

So weiß ich von Hans Meyer, von seinem Verlobungsantrag, von der Absicht, dass sie beide heiraten wollten ... und auch darüber, wie Mutters Verehrung zu ihm schließlich in blinden Hass umschlug. Als sie sich sicher war, dass er etwas Verbotenes, etwas gegen den Willen des Führers unternommen hatte."

„Dass er Ungarn Obdach gegeben hat."

„Zigeunern", verbesserte Maximilian sie. „In ihren Augen das Niedrigste, was ein Mensch sein kann. Verrückte Weltanschauung, oder?", fragte er mehr sich selbst als Kate. „Na ja, ihr Verdacht verhärtete sich ja, als sie meinte, eines der Kinder bei ihm auf dem Anwesen hatte spielen zu sehen.

Merkwürdig war nur, dass Wotan, der Hund von Hans, nicht anschlug.

Warten Sie", meinte er und winkte sie dann zu sich heran, um Kate etwas zu zeigen.

Dabei kam sie an einer Vitrine vorbei, nachdem sie sich von ihrem Platz erhoben hatte. Eine feingewobene, in Gold gehaltene Kette war darin zu sehen, die mit einigen kleineren, rot und türkis schimmernden Steinen besetzt war. Dazu Ringe und Ohrringe. Alles im allen, eine Arbeit, die ihr wertvoll erschien und teuer.

Als Schäfer bemerkte, dass Kate stehen geblieben war und sie den Schmuck betrachtete, sagte er: „Ein Familienerbstück." Er zuckte mit den Schultern. „Es wurde ihr von der Gestapo ausgehändigt, nachdem sie zum Verhör gebeten wurde. Sie machte ihre Aussage und behauptete, Carmen habe sie bestohlen." Er drehte die Handflächen von innen nach außen. „Meine Mutter war da sehr rigoros. Sie hat immer von der Diebin gesprochen. Von der", er räusperte sich, „Schlampe, die ihr alles genommen hat. Nun ja, jetzt ist es hier und ich bewahre es weiterhin auf. Als Mahnmal, wenn man so will. Als Beweis dafür, dass der Verstand des Menschen Gold gefärbt sein kann, aber dennoch voller Schmutz ist."

Kate sah Schäfer an, dass dieser damit zu kämpfen hatte, wie seine Mutter gewesen war. Dass es ihm zusetzte, was aus ihr geworden war, und dass eine Ideologie, die seit achtzig Jahren als besiegt galt, noch immer in der Gegenwart nachhallte. Auch jetzt sang sie ihr summendes, nachhallendes Lied von Hass, Verlust und Übergriffen, wenn all die Akteure längst tot waren, für die diese Melodie der Vergangenheit einst geschrieben worden war.

„Ich dachte mir", begann Schäfer mit leiser Stimme weiterzureden, „es ist eine so schöne Arbeit, lass es mal schätzen und bewerten. Nun ja, es ist aus Gold, aber nicht sehr hochwertig, nicht der Schmuck, den meine Mutter bevorzugt hat zu tragen.

Nun ist es für mich auch nicht mehr und nicht weniger als eine Erinnerung. Eine Erinnerung daran, wie abstoßend ich das Gedankengut meiner Mutter immer fand. Sie sagte über die Gegenstände immer, und ich gebe es so wieder, wie sie es gesagt hat: Es zeigt mir, wie Dreck unter den Fingernägeln saubere Teller beschmutzen kann."

Kate schluckte.

Schäfer hingegen nickte, bevor er weitersprach: „Wie gesagt, die Nazis haben im Geist meiner Mutter fruchtbaren Boden gefunden und ihre Saat ist auf schreckliche Art und Weise aufgegangen. Sie haben mir damit eine gute Mutter genommen und vielleicht einen liebenswerten Menschen zerstört." Er schüttelte den Kopf, als er Kate zu sich winkte. „Kommen Sie. Ich wollte Ihnen doch die Tagebüchereinträge meiner Mutter zeigen. Das wird vielleicht erklären, was vorgefallen ist."

Kate folgte ihm. Sie stockte, als ihr die Einträge übersetzt wurden und ...

***

... sah Gretas abfälligen Blick, als sie ihren Platz auf der frisch angelegten Terrasse eingenommen hatte; ihren Hut würdevoll neben sich gelegt ... die Handschuhe, in denen ihre Hände trotz der brütenden Wärme, steckten, auszog.

„Wer ist das?", wollte sie wissen, und rümpfte ihre süße Nase, die Hans seit ihrer ersten Begegnung im Lohbrügger Tanzlokal faszinierend gefunden hatte.

Von der eine ihn angenehm berührende Würde ausging, der er sich nur schwer hatte entziehen können.

Bis jetzt.

Als er entdeckte, wie sich auf Gretas Nasenrücken Fältchen bildeten, und sich ihre ansonsten so hübschen, blau funkelnden Augen zu kritischen, sogar abwertenden Schlitzen zusammenzogen, breiteten sich Magenschmerzen in ihm aus.

Es war ein ähnliches, ihn schon einmal heimsuchendes Gefühl von ehrlich empfundener Abscheu, das sich seiner bemächtigte. Eine ihm bisher fremde, nicht begreifen lassende Emotion von erschreckender Erkenntnis, dass hier etwas nicht stimmte.

„Und?", forderte Greta ihn auf, mit der Sprache herauszurücken. Dabei hatte ihre ansonsten so helle, liebreizend niedlich klingende Stimme einen kalten Unterton angenommen, der Hans einen eisigen Schauer des Entsetzens über den Rücken jagte.

„Wen meinst du?", wollte er wissen, tat dabei bewusst unwissend, und legte den Arm auf die Lehne des Stuhls, wandte den Kopf und schaute den sauber angelegten Garten hinunter zu dem kleinen, abseits des Hauses stehenden, Schuppen. Dabei schlug ihm sein Herz bis zum Hals.

Nervosität stieg in ihm auf. Ein Hauch ehrlich empfundener Angst durchflutete ihn und ließ ein Gedankenchaos hinter seiner Stirn entstehen, dem er kaum etwas entgegenzusetzen hatte. Da war eine ihn heimsuchende, ihn wie in den Würgegriff nehmende Furcht ...

... die sich anfühlt, wie die mir zugeworfenen Blicke meines letzten Opfers, bevor ich abgedrückt habe – meiner zwei Tage Sonderurlaub ...

... um die Menschen, die angefangen hatten, ihm ans Herz zu wachsen?

Er schüttelte über sich und seine Gefühle den Kopf.

Carmen und die Kinder?

Sie wuchsen IHM ans Herz?

Was dachte er da bloß?

Carmen war Ungarin, eine Sinti oder Roma, eine Frau, deren Nähe ihn zum Würgen bringen sollte.

Dennoch ... war da etwas an ihr, das ihn faszinierte. Das ihn glauben ließ, ein anderer, ein – besserer? – Mensch zu sein, wenn er in ihrer Nähe war. Er musste nur an ihre gestern Abend flüchtig geführte Unterhaltung denken. Daran, wie er zu ihr getreten war und sie angesprochen hatte, ob für sie alles in Ordnung sei.

Warum hatte er das getan?

Er wusste es nicht. Es war ein Impuls gewesen. Ein ehrlich empfundenes Interesse.

Damit ich in ihrer Nähe sein kann.

„Hier ist erst wieder alles gut, wenn diese schrecklichen Zeiten vorbei sind.“

Sie hatte es mit einer Inbrunst gesagt, einer Leidenschaft, die nicht nur von ihrem fein geschnittenen Gesicht Besitz ergriffen hatte, sondern auch von ihren schwarz wirkenden Augen.

Sie hatte einen Stolz ausgestrahlt, eine Hans zurückweichen lassende Ungebrochenheit, dass sich seine deutsche, arische Blutlinie hätte angegriffen fühlen müssen. Und wie jetzt, wo Angst in ihm zu pulsieren begann, hatte ihn auch gestern der pure Schock mitten ins Herz getroffen. Mit solch einem Chaos an Gefühlen, wie es ihn gerade eben heimsuchte.

Es war mit der Wucht einer in seinen Körper einschlagenden Kugel geschehen, sodass er ebenso wie gestern erst schwer schlucken musste, bevor er etwas sagen konnte. Ein Schlucken, das ihm Zeit verschaffte, einen kurzen Augenblick der gedanklichen Ruhe, um sich darüber klar zu werden, was er fühlen und denken wollte.

Gestern war es ebenso Angst gewesen, die ihn heimsuchte. Nur mit einem anderen Grundtenor. Einer andersartigen Stimmung, einer ihn nicht loslassen wollenden, seine inneren Mauern und Strukturen durchbrechenden Furcht, die ihn darauf warten ließ, dass sein Gefühl der Herrenrasse in ihm zu toben und zu rasen begann.

Was es nicht tat.

Alles in ihm blieb ruhig.

Stumm.

Von so einer inneren Ruhe erfüllt, dass er sich über sich selbst wunderte.

Wo, dachte er in einem Anflug von Verwirrung, *ist der Soldat in mir geblieben? Der SS-Mann, der vor gut einem halben Jahr noch gehässige Reden über die in der Ziegelei arbeitenden Männer und Frauen geschwungen hatte? Der sich einen der asozialen Kerle ausgesucht hatte, um diesen zu schikanieren und zu quälen. Der sich immer wieder neue Gräuel ausdachte, damit er seinem Oberkommandierenden Offizier gefiel?*

Wo bin ich geblieben?

Das waren die Fragen, die ihn quälten. Die ihn nachts wach hielten und mit Gefühlen und Empfindungen konfrontierten, vor denen er am liebsten geflohen wäre.

So wie jetzt auch, als Greta ihn erneut anschaute, sich räusperte und ihren zarten Mund zu einem O der Abfälligkeit verzog, als sie sagte: „Es sah mir aus, als wäre da gerade ein kleines, dreckiges Kind über deine Weiden gelaufen, Hans. Ein Kind, das wie das Pack aussieht, das Menschen wie wir meiden sollten."

„Zigeuner?", fragte er mit einem dumpfen Ton der Furcht und ärgerte sich darüber, dass er gerade dabei war, erneut die Fassung zu verlieren. „Wo?"

„Na da hinten", sagte Greta, deutete auf das von zwei feinsäuberlich eingefassten Wegen liegende Rasenstück. Jener Platz, an dem er sich vorgenommen hatte, ein weiteres Häuschen errichten zu lassen, in dem er Gäste unterbringen konnte, wenn er seinen Geburtstag feierte, oder sich durch eine Beförderung hochleben ließ.

„Da ist niemand."

„Ich habe es deutlich gesehen. Mit meinen eigenen Augen. Da war ein Kind. So groß", sie deutete mit der ausgestreckten Hand zur Tischkante. „Schwarze Haare, in schäbige Kleidung gehüllt."

„Du musst dich geirrt haben."

„Ich irre mich niemals, Hans. Das weißt du", meinte sie mit einer Hochnäsigkeit, die ihm jetzt zum ersten Mal auffiel.

Was sie hässlich macht, dachte er in einem kurzen Augenblick des inneren Zweifelns und schüttelte den Kopf, als er sich zwang sich zu beglückwünschen, dass eine so schöne Frau, wie Greta eine war, ihr Herz an ihn verschenkt hatte.

„Aber da ist niemand“, sagte er erneut und gratulierte sich für seinen Einfall, als er rief: „Wotan! Komm her.“

„Der Hund“, meinte sie erfreut, verlor alle Härte aus dem Gesicht und drehte sich zu dem Schäferhund herum, den Hans erst letzten Winter gekauft und erzogen hatte. „Eine fabelhafte Idee. Er wird anschlagen und dir zeigen, dass ich recht habe.“

Er nickte. „Such, mein Junge“, befahl er, nachdem der auf seinem Platz liegende Hund sich schwanzwedelnd erhob und auf sein Herrchen zugelaufen kam. „Such das Kind.“

Das Tier legte den Kopf schief und schien zuerst gar nicht zu wissen, was er zu tun hatte. Bis er die befehlende Geste seines Herren erkannte, und kläffend anfing, über die Terrasse in den Garten zu rennen. Er hielt geradewegs auf den Platz zu, an dem Greta gemeint hatte, das Kind gesehen zu haben; um dann stehen zu bleiben und zu schnüffeln.

Hans folgte dem Tier.

Innerlich grinsend und sich freuend, dass seine List funktioniert hatte.

Als er Wotan erreichte, dem Hund die Hand auf den Kopf legte, diesen kraulte und ihm sagte, was für ein gutes Tier er sei, kam es ihm so vor, als habe er das drohende, über ihnen schwebende Unheil abgewendet.

„Hier ist nichts!“, rief er der noch am Tisch sitzenden Greta zu. „Wotan hat auch keine Fährte aufgenommen“, meinte er und wandte sich an den gehorsam auf ihn zu kommenden Schäferhund. „Hast du nicht, oder? Du hast nichts entdeckt“, und fügte in Gedanken hinzu: *Weil du den Geruch der Kinder bereits kennst und sie daher nicht als Eindringlinge siehst.*

Er zuckte mit den Schultern, als er sich daran machte …

***

… die Speisekarte zu schließen und Kate mit weit aufgerissenen Augen anzuschauen. Viktor, der nicht glauben wollte, dass sie tatsächlich vor ihm saß, dass sie mit ihm ausging, sich von ihm ausführen ließ, spürte, wie ihm das Herz bis zum Hals schlug. Seine Knie waren ebenso weich wie jeder einzelne seiner bis eben gedachten Gedanken. Die Bedeutung auf Watte zu gehen, hatte für ihn zu den lächerlichen Ausschmückungen von zur Übertreibung neigenden Autoren gehört, wie das aus allen Wolken Fallen.

Aber das war ihm passiert.

Gerade eben.

In dem Augenblick, als er Kate am Straßenrand hatte stehen sehen, ihren Rock glatt streichend, während ihre Waden im Sonnenschein der sich langsam dem Abend zuneigenden Sonne verführerisch braun geschimmert hatten.

Seine in den letzten Tagen erlebte Angst, um nicht Kummer sagen zu müssen, begann sich zu wandeln.

Er spürte, wie all seine bisher gemachten Sorgen dabei waren, sich in Luft aufzulösen.

Die Pleite des Familienunternehmens stand kurz bevor, das wusste er. Seine Suche nach einem verloren gegangenen Familienerbstück war eine Farce.

Aber jetzt, wo er in Kates hübsches, faszinierendes Gesicht schaute, waren seine Ängste um die Zukunft beinahe passe.

Sie waren dabei sich zu verflüchtigen.

„Was hast du?“, fragte sie, eine Serviette ausgebreitet auf den Knien.

„Ich finde es schön, hier mit dir zu sitzen.“

„Ich freue mich ...“

„Nein, nein, nein, so meine ich es nicht. Wirklich nicht. Ich finde es großartig, dass wir beide uns haben. Dass wir ungezwungen über alles miteinander reden können.“

Kates Gesicht verschloss sich.

„Habe ich etwas Falsches gesagt?“, fragte er.

Sie schüttelte den Kopf. „Nein, hast du nicht. Nur habe ich immerzu das Gefühl, etwas falsch zu machen. Verstehst du? Das ist so ein Ding von mir. Ich habe das Gefühl, unehrlich zu sein, weil ich nicht immer über alles rede.“

„Worüber willst du denn mit mir reden?“, fragte er, beugte sich vor, schenkte ihr ein aufrichtiges, ehrliches Lächeln, was sich ihm so leicht auf die Lippen legte, dass er sich darüber wunderte.

Der Typ war er nie gewesen.

Bis ich Kate traf. Sie darf mir alles sagen. Jedes einzelne Wort will ich hören.

Sie winkte ab.

„Ich dachte gerade nur kurz darüber nach, dass wir beide ja irgendwie auf der Suche nach den gleichen Dingen sind und wir uns dennoch nichts sagen. Ach, egal. Lass uns essen.“

In seinem vor Liebe entbrannten Verstand schlichen sich kurze, intensive Zweifel. Zweifel, die er mit Leichtigkeit beiseite wischte, da er nicht wollte, auf keinen Fall, dass dieser herrlich schöne, laue Sommerabend

dadurch kaputtgemacht wurde, dass sie darüber redeten, wer wann wo einmal gelogen hatte ...

***

Kate, die mit Maximilian Schäfer gesprochen hatte, die
mit ihm diskutierte, fühlte sich jetzt, wo sie im Taxi saß,
und in Richtung Pension zurückfuhr, wie vor den Kopf
geschlagen. Es kam ihr vor, als habe sich ihr ganzer
Blick auf ihren Urgroßvater in wenigen Wochen erneut radikal geändert.

Sie war hin und her gerissen und nicht dazu in der
Lage, zu sagen, was das alles bedeutete. Wie es sein
konnte, dass ihre Gefühle erneut ins Schwanken geraten waren.

Während sie im Wagen eines freundlichen Fahrers
saß, der ihr erzählte, woher diese Mühle stammte,
wann die Deiche ausgebessert worden waren und welche Familie hier, wo welche Grundstücke hatte, tippte
sie auf ihrem Handy eine Nachricht an Olivia.

Sie schrieb in kurzen, knappen Worten, was sie herausgefunden hatte, und dass sie zu wissen meinte, was
mit Carmen geschehen war.

Woraufhin eine schnelle, für sie überraschende Antwort kam:

Was ist mit ihr geschehen?

Das glaubst du nicht. Es ist vollkommen verrückt, aber
...

***

… er ist nett und freundlich zu mir gewesen. Hat mich vorgestern sogar gefragt, ob ich mir vorstellen könnte, mit ihm weiterzuziehen.

Er hat, wie er sagte, angefangen Kontakte zu knüpfen, um aus Deutschland fortkommen zu können. Dabei muss er vorsichtig sein, weil es überall Denunzianten gibt …

Carmen, die noch immer nicht wusste, was sie von der ganzen Sache halten sollte; die nicht begriff, warum dieser seltsame Deutsche so nett zu ihr war, hob die Feder und betrachtete, was sie geschrieben hatte.

Sie wusste, dass es sich fantastisch anhörte; nicht zu glauben.

Aber erst vorgestern, als Hans von seinem Dienst nach Hause zurückgekehrt war, hatte er sich nicht, wie sonst, die Mühe gemacht, seine Uniform auszuziehen und sich in seine alltägliche Hose, Hemd und Jackett zu kleiden. Er war geradewegs auf die abseitsgelegene Hütte zugegangen, hatte das geheime Klopfzeichen ausgeführt und ihr zu verstehen gegeben, dass er es war und kein Fremder, der Einlass begehrte.

Als sie ihren beiden auf dem Fußboden spielenden Mädchen mit einem Handzeichen gesagt hatte, dass sie keinerlei Furcht haben mussten, entspannten sie sich sofort wieder. Ihre Töchter hatten zuvor vor Schrecken die Augen weit aufgerissen, und ihre Holzpuppen fallen gelassen.

„Herein.“

Es fühlte sich noch immer surreal an, wenn sie das tat.

In einem fremden Haus.

Dem eines Nazis ...

Das war es, was sie in den Nächten schlecht schlafen ließ. Was dazu führte, dass sie sich in ihrem miserabel gepolsterten Bett von der einen auf die andere Seite hin und her drehte, während sie den gleichmäßigen, ruhigen Atemzügen ihrer Töchter lauschte. Sie lag wach, den Blick zur Decke gerichtet, im Kopf eine unzählige Menge an Fragen und wirren Gedanken, die sie nicht eine Sekunde in Einklang mit sich selbst bringen konnte.

Sie lag dann da, von düsteren Ahnungen heimgesucht, von einer Angst erfüllt, Hans könnte mit ihr ein perverses, böses Spiel spielen, das sie bisher nicht hatte durchschauen können.

Was sollte es denn sonst sein?

Hatte er ihr eine lange Nase gedreht?

Ihr das Gefühl von Sicherheit nur vorgegaukelt?

Um sich dann, an seinem Hass zu erfreuen, wenn er sah, wie ihre Hoffnung zerbrach, diesem von den Nazis entfachten Wahnsinn doch noch mit heiler Haut entkommen zu können?

In dem Moment, als Hans die Tür öffnete und mit eingezogenem Kopf eintrat, damit er sich nicht an dem querlaufenden Balken stieß, riss sie die Augen auf. Ihr Herz begann mit solch einer Geschwindigkeit zu hämmern, dass sie meinte, einen Hirnschlag bekommen zu müssen.

„Entschuldige", sagte er hastig und hob die Hände, um ihr zu zeigen, dass es ihm leidtat. „Aber ich habe günstige Nachrichten für dich und will sie dir gleich erzählen.“

„Hoffnungsvolle Nachrichten?“, fragte sie irritiert, stand auf und legte Hannah eine Hand auf den Kopf. „Was meinst du damit?“

Hans leckte sich über die Lippen, schloss die Tür mit einer sachten, vorsichtigen Geste und drehte sich erst herum, als er sich mit einem kurzen Ruck versichert hatte, dass sie wirklich geschlossen war.

Erst dann, als er zufrieden nickte, drehte er sich zur Carmen herum, lächelte und sagte dann: „Jemand ist auf mich zugetreten, der uns aus Hamburg herausholen kann.“

Sie legte den Kopf schief. Obwohl sie wusste, wie albern es klang, wenn sie seine Worte wiederholte und ihn mit kreisrunden, ungläubig blickenden Augen anschaute, tat sie es dennoch. Sie fragte: „Raus aus Hamburg?“

Er nickte. „Wenn der Informant, der ist, der er vorgibt zu sein, ja, dann haben wir eine kleine Chance.“

Sie schüttelte den Kopf. Carmen, die in den letzten Jahren angefangen hatte an dem Guten im Menschen zu zweifeln, die sich sicher war, dass sie nicht mehr auf Erden, sondern in der Hölle lebte, schaffte es nicht, sich zu beruhigen. Da waren Hunderte und Aberhunderte von Gedanken in ihrem Kopf. Eine Abfolge schnell hintereinander in ihr abgeschossener Fragen, darauf folgende, hinter ihrer Stirn zerplatzende Antworten, aus denen ein Kauderwelsch entstand, das sie nicht entwirren konnte.

Sie spürte, wie ihre Hand erneut auf die Suche nach ihren Kindern ging. Wie sie sich danach sehnte, ihre

Köpfe zu berühren, über ihre Wangen zu streicheln, sich neben sie zu setzen, sie an sich zu pressen und ihnen ins Ohr zu flüstern: „Alles wird gut. Endlich wird alles gut. Die Angst ist vorüber."

„Darum meine Bitte: Verlasst die Hütte nicht mehr. Kommt nicht mehr aus ihr heraus, ja? Niemand darf euch sehen. Keiner. Werdet ihr auch nur einmal hier entdeckt, ist alles vorüber. Für mich und auch für euch."

Bei diesen Worten machte er eine alles umschließende, Carmens Familie umfassende Handbewegung, und nickte ihr zu.

Als er sich herumdrehte und sich wieder der Tür zuwandte, blieb er kurz stehen, als er ihre Frage hörte.

Er drehte sich nicht mehr zu ihr um. Er stand da, ließ den Kopf sinken, und hielt sich am Türrahmen fest, als sie wissen wollte: „Warum tust du das alles?"

„Jedes Leben", setzte er an … schluckte schwer, und seine Stimme wurde rauer, leiser, als er sagte: „Ich hoffe irgendwie helfen zu können. Mehr nicht. Irgendwie …"

Und dann hörte es sich an, als wollte er noch etwas sagen, als wäre da eine Kleinigkeit, die ihm auf der Seele lag, die er nicht mehr ausgesprochen bekam. Die er verschluckte, weil es ihm zu schwer erschien, sie aus dem Kopf auf die Zunge zu bekommen, um das in die Freiheit zu lassen, was ihn selbst schier um den Verstand zu bringen drohte.

Carmen aber meinte zu wissen, was er sagen wollte, dass er noch ein: „…"

***

„… etwas Gutes tun“, sagte Kate ins Telefon, das sie sich gegen das Ohr presste, und mit schneller, abgehackter, sich überschlagender Stimme sprach, sodass es für sie selbst einem Wunder glich, dass Olivia kein: „Stop! Stop! Stop!“, ins Telefon brüllte und Kate aufforderte, langsamer zu sprechen.

Ihre Freundin saß da, auf der anderen Seite der Welt, sagte nichts, und schien vor Staunen den Mund nicht mehr zu zubekommen.

Erst als Kate verstummte und selbst dazu kam, wieder Luft zu holen und den Druck zu akzeptieren, der ihr in den Nacken hinaufgeklettert war, weil sie so voller Anspannung war, sagte Olivia: „Carmen hat es nicht geschafft. Die Frau, wegen der Hans, äh Egon, nein, also, Hans, ja Hans“, stotterte sie, „sich geändert hat. Und das nur, weil dein Urgroßvater eine dumme, wegwerfende, auf die niemand sonst achtende Bemerkung gemacht hat? Das ist nicht fair.“

„Ganz und gar nicht“, entgegnete Kate, die dem Taxifahrer ein für sie deutlich klingendes, auf Deutsch gesagtes „Dankeschön“, entgegenbrachte und ihm gut fünf Euro Trinkgeld auf den von ihr auf dem Taxameter gesehenen Preis gab. „Es ist zum Heulen.“

„Das ist total traurig“, meinte Olivia. „Aber die Kinder und er haben es ja geschafft.“

„Es gab im deutschen Reich also doch Menschen, die gegen das Regime gearbeitet haben“, sagte Kate, die nicht wusste, wie sie diese Information verarbeiten sollte. „Menschen, die nicht voller Hass waren. Die anderen Menschen geholfen haben.“

„Was für ein Glück, dass Egon, äh Hans, nicht auf einen Spitzel hereingefallen ist.“

Kate nickte, als sie sagte: „Das habe ich auch die ganze Zeit über gedacht. Aber weißt du was?"

„Was?"

„Mich beschäftigt noch etwas. Eine Kleinigkeit. Etwas, das mich einfach nicht loslässt."

„Schieß los und sag es."

„Warum hat Uropa sich geändert? Das frage ich mich wirklich. Wie kommt es, dass er sich plötzlich so gewandelt hat? Was war der Grund dafür?"

Olivia sagte eine kurze Weile nichts, dann fragte sie: „Weil er erkannt hat, was er für einen Fehler begangen hat, als er einen Mann liquidiert hat?"

„Was, wenn er sich verliebt hat?", schlug Kate vor, die hoffte, eine Erklärung dafür zu finden, die ihr ein gutes … ein Gefühl von Hoffnung bescherte. „Wäre das nicht eine tolle Überschrift für einen Artikel? Mörder wurde zum Lebensretter, weil er sich verliebte? Unterzeile: Der Mann, der seinen Fehler erkannte, und zwei Leben aus den Mühlen des Nationalsozialismus rettete. Hans Meyer, der Wandel von einer Bestie zu einem Menschen."

In dem Moment zuckte sie zusammen und hatte das Gefühl, mit voller Wucht gegen eine Wand gelaufen zu sein.

„Dein Urgroßvater war der Mörder meiner Tante?"

***

Kate war wie vom Donner gerührt. Sie hörte weder das begeisterte „Danke", des Taxifahrers, für ihr üppig gegebenes Trinkgeld, noch das von Olivia scherzeshalber gemeinte: „Überschriften sind mein Job und, Schätzchen, sei mir nicht böse, aber deine Überschrift klingt echt bescheuert. Da ist gar keine Dramatik drin. Gar kein Pepp. Schätzchen? Bist du noch dran? Kate?"

Doch diese hatte nur Augen für den vor ihr stehenden Viktor. Für den Mann, der es geschafft hatte, sie in wenigen Tagen vollkommen aus der Ruhe zu bringen. Ganz aus dem Konzept zu werfen, wie ihr Vater es bestimmt in einem spaßigen Augenblick genannt hätte.

Jetzt zu sehen, wie er vor ihr stand, sich sein ansonsten so fein geschnittenes, ihr so sehr ans Herz gewachsenes Gesicht zu einer Grimasse des Ekels und der Abscheu gewandelt hatte, ließ ihr nicht nur das Herz schnell und heftig in der Brust schlagen, es ließ sie glauben, es würde regelrecht zerspringen. Es würde auseinandergerissen werden. Von wütenden Kinderhänden wie ein Stück Papier gepackt, auf dem es dem Kind nicht gelungen war, das zu Blatt zu bringen, was es gerne wollte.

„Viktor", sagte sie und wünschte sich nichts sehnlicher, als dass sie sich das erste Mal trafen und der Verdacht in ihr aufstieg, Viktor sei aus dem gleichen Grund wie sie zum KZ gekommen, dann hätte sie gleich mit offenen Karten gespielt. Sie hätte nicht verheimlicht – sich nicht dafür geschämt – wer sie war, wer sie sein könnte.

„Du bist tatsächlich seine Enkeltochter?"

„Urenkelin", verbesserte sie ihn, hob die Hände und wollte ihm sagen, wie leid es ihr tat, nur um dann zu merken, dass ihre kleine Verbesserung für Viktor rein gar nichts änderte.

„Wie ... warum ...“ Er schüttelte den Kopf und sagte: „Wie soll ich dir jetzt noch in die Augen schauen? Er ist ein Mörder.“

„Aber ich doch nicht.“

„Er hat meine Tante umgebracht!“, sagte er und schien selbst nicht zu wissen, warum ihn diese Tatsache so sehr aufbrachte. Warum sich ein Ausdruck ehrlich empfundenen Ekels auf seinem Gesicht abzeichnete. Er schüttelte den Kopf, wischte sich mit der Hand über den Mund, und starrte Kate aus weitenaufgerissenen Augen an, in denen sie allerdings nicht lesen konnte. In denen es ihr unmöglich war, auch nur eine klare, andere Empfindung als Abscheu zu erkennen.

„Aber er hat ihre Kinder gerettet.“

Viktor riss die Arme in die Höhe und rief: „Das macht das Ganze besser?“

„Man kann Leben nicht gegeneinander aufwiegen“, rief sie und schüttelte den Kopf. „Aber man kann anerkennen, dass er versucht hat, etwas Gutes zu tun. Er hatte sich geändert. Er wurde vom Freund zum Feind des Regimes.“

„Er wollte doch nur seine Haut retten. Hat unseren, UNSEREN, Familienschmuck mitgehen lassen. Dieser gehört uns. Es wäre alles vollkommen anders gekommen, hätten wir die Gelder und Wertgegenstände noch gehabt. Wir wären ...“ Er verstummte, fuhr sich mit der Hand durch die Haare, und schien selbst nicht zu wissen, was er denken oder fühlen sollte. Dennoch sagte er dann, leise und kaum zu verstehen, mit seinem schweren, in seine Worte zurückkehrenden deutschen Akzent: „... heute andere Menschen.“

„Wegen etwas mehr Geld?“

Kate war sichtlich verwirrt.

Viktor riss in einer theatralischen Geste die Arme in die Höhe. Dann stieß er ein grunzendes, beinahe schon abfällig klingendes Geräusch aus, das Kate schwerer traf als sein wütend anzusehendes Gesicht.

Es kam ihr so vor, als wollte er sie wegwerfen.

Als würde er, in einem Anflug nicht klar zu definierender Wut, alles über den Haufen werfen. Als wäre sie ihm plötzlich egal.

Sie schluckte und sagte: „Viktor …"

Doch dieser winkte ab, schüttelte den Kopf und fuhr sich mit einer erneuten, hilflos wirkenden Geste durch das unordentliche, lockige Haar.

„Nicht, lass mich!", sagte er und drehte sich dem Ausgang der Pension entgegen. „Ich … ich muss erst einmal klarkommen. Muss mich selbst sortieren."

„Schatz", meldete sich Olivia zu Wort, die alles mit angehört hatte. „Was auch immer da gerade passiert ist … es tut mir unendlich leid."

***

Hans spürte, wie ihm das Herz bis zum Hals schlug. Wie er sich mehr als einmal umschaute und versuchte, mit seinem Blick, die schummrige, aufkommende Dunkelheit der aufziehenden Nacht zu durchdringen. Er versuchte, in den schemenhaften Konturen der sich abzeichnenden Häuserwände und der Straßenzüge irgendetwas Verräterisches zu erkennen. Eine unbedachte Bewegung, die dunkler als die vorherrschenden Schatten war. Einen Lichtreflex, irgendetwas, das ihm sagte, dass er seine eben noch durchführen wollende Aktion abbrechen und verschieben sollte.

Doch nichts war zu sehen oder zu hören.

Das abendliche Hamburg schien eingeschlafen zu sein.

Hans holte tief Luft.

Konnte er es wagen?

Sollte er es versuchen?

Während er dasaß, wusste er, dass es verrückt war, was er da tat. Dass er gerade dabei war, seine ganze Karriere, seine Familie und sich selbst in Gefahr zu bringen.

Aber dann dachte er wieder an Carmen. Daran, wie er sie zum ersten Mal in der Registratur gesehen hatte, und erneut stieg dieses fremde, nicht bekannte Gefühl von wohltuender Hitze in ihm auf.

Es kribbelte in ihm.

Es machte ihn, im wahrsten Sinne des Wortes, verrückt. Dennoch besaß es eine angenehme, ihn nach mehr lechzen lassende Süße, von der er innerlich weiter naschen wollte. Es war eine sich wohlig anfühlende Wärme, die durch ihn hindurchwühlte, die nichts mit der Lust zu tun hatte, die er verspürte, wenn er Greta sah.

Bei ihr war es etwas anderes, was ihn faszinierte.

Fasziniert hatte, dachte er in einem Anflug deutlicher Ehrlichkeit, die er sich selbst kaum eingestehen wollte.

Er schluckte schwer, als er begriff, dass es nicht nur Interesse war, das er an Carmen hatte. Nicht das Verlangen eines jungen Mannes auf eine Frau, die ihm gut gefiel.

Nein, als er sie die Straße hatte überqueren sehen, war in ihm etwas in Gang geraten, das er sich nicht hatte erklären können. Da war eine ihn heimsuchende Verwirrung über ihn gekommen, die ihm den Gedanken in den Kopf schießen ließ: *Sie ist das Böse. Sie ist das, was wir hassen gelernt haben. Sie war die einzige Nachbarin, die jetzt der Feind ist.*

Du darfst sie nicht hübsch finden. Du darfst nicht von ihren dunklen Augen fasziniert sein, von dem geschwungenen, schönen Mund, dessen Lippen dir so voll erscheinen, wie du noch nie vorher welche gesehen hast.

Mann, du darfst sie nicht anschauen, nicht die Konturen ihres Körpers mit deinem Blick nachzeichnen. Nicht den Atem verlieren, wenn du den leichten Ansatz ihrer runden Brust siehst, der sich unter dem verblichenen, abgetragenen Stoff ihres Kleides abzeichnet.

Du darfst ...

Hans hatte sich gegen diese Gedanken gewehrt, er hatte alles in sich in Gang gesetzt, um sich zu zügeln und auszubremsen. Aber die durch seinen Kopf kreisende Meinung, der immer festere Konturen in ihm annehmende Wortschwall, hatte sich nicht mehr aufhalten lassen.

Egal, was er tat, egal, wie sehr er sich gegen seine Gefühle und Eindrücke zu wehren versuchte, was für Geschütze er auch aufstellte und wie scharf er auf sein eigenes Seelenleben schoss, gelang es ihm nicht, einen nützlichen Treffer zu landen.

Der Gedanke war da gewesen.

Unwiderruflich. Nicht dazu bereit, auch nur einen Schritt zu weichen ...

... dich nicht verlieben.

Und doch war er dabei, genau das zu tun.

Er merkte es in jeder Minute, die er Dienst tat. Wenn er in der Baracke stand und beobachtete, wie die Insassen schufteten ... wenn sie von seinen Kameraden drangsaliert und gequält wurden. Als er zusah, wie die Männer in Kolonnen an ihnen vorbeizogen, oder er den scharfen, beißenden Geruch des Krematoriums roch.

Wieder Menschen vernichtet und verbrannt.

Leben ausgelöscht.

Unwiederbringlich fort. Träume und Ideen ausradiert.

Das darf ihr nicht passieren, dachte er und erinnerte sich mit Schrecken an die eingesehenen Unterlagen, die ihm in die Hände gefallen waren. Jene Akteneinträge aus der Amtsstube des Bürokraten, die sich mit der Familie Szebo beschäftigt hatten. Der akkurat und minutiös in die vorgedruckten Spalten geschrieben hatte, dass der Verdacht bestand, es mit sozialen Elementen der unteren Menschenschicht zu tun zu haben.

Die Vermessung der Kopfform hat kein genaues Ergebnis erbracht, stand in feinsäuberlicher Handschrift im Feld *Bemerkungen. Der Stammbaum ist nicht auffindbar. Dennoch besteht der konkrete und nicht von der Hand zu weisende Verdacht, es mit einer Sinti oder Roma zu tun zu haben.*

Dazu der weitere Vermerk, Frau und Kinder zu deportieren.

Was Hans nicht zulassen wollte, nicht zulassen *konnte.*

Darum war er zu der Adresse gefahren, die er in den Unterlagen entdeckt hatte. Hatte sie angesprochen, hatte mit ihr geredet und sich dadurch Blicke von Gustav eingefangen, die ihm jetzt noch unter die Haut gingen.

Er schluckte schwer, während er dastand, die Straße beobachtete und hoffte, sich nicht weiter verdächtig gemacht zu haben, als er Gustav darum gebeten hatte, die Schichten zu tauschen. Als er stammelnd gesagt hatte, dass er eine Überraschung für Greta geplant hatte und er diese gleich umsetzen wollte.

Sein Freund hatte anzüglich gegrinst, während er sich die selbstgedrehte Zigarette zwischen die Lippen gesteckt, und zustimmend genickt hatte, bevor er sagte: „Für eine deutsche Dame will ich meine eigenen Termine gerne zurückstecken, Meyer. Besorg es ihr richtig und denk dabei an mich, wenn sie kommt."

Hans hatte selbstgefällig gegrinst, Gustav die Hand gereicht und gesagt: „Das vergesse ich dir nie."

„Solltest du auch nicht. Bin nicht zu jedem so freundlich wie zu dir."

„Bin ja auch kein asoziales Gesindel", hatte Hans automatisch geantwortet und hinterher geschoben: „Hat Pauly dir für deinen Dienst eine Belobigung ausgestellt?"

„Nein", hatte Gustav gesagt, den Kopf geschüttelt und tief und gierig an seiner Zigarette gezogen. „War ihm wohl nicht hart genug. Aber das lässt sich ändern. Meine zwei Tage Sonderurlaub werde ich noch bekommen."

Dabei hatte er auf das Holster geklopft, das an seinem Gürtel befestigt war und in dem die Pistole steckte. „Das verspreche ich dir!"

Hans hatte es den Magen herumgedreht.

Ihm war seine eigene Tat wieder in den Sinn gekommen, hatte ihn heimgesucht und mit einem schlechten Gewissen erfüllt. Das mit all seiner bisher erlebten Einstellung vollkommen konträr ging.

In ihm war ein Hauch ehrlich empfundenen Ekels aufgestiegen.

Seine eigenen Worte klangen in seinen Ohren wie ein ohrenbetäubendes Rauschen und Stürmen, wie das Kreischen gemarterter Seelen, die anklagend mit dem Finger auf ihn zeigten.

Und das alles, weil ich eine mir unbekannte Frau gesehen habe?, fragte er sich mit einem ehrlichen in ihm aufsteigenden Zweifel, den er sich nicht erklären konnte.

Jedes Leben ist es wert, gerettet zu werden, kam ihm die Botschaft in den Sinn, die er an der Pauli und Petri Kirche entdeckt hatte, während er auf Greta gewartet hatte. Die ihn berührt und einen Denkprozess in ihm in Gang gesetzt hatte, den er bis heute nicht mehr abschütteln konnte.

Hans gab sich einen Ruck.

Er musste das Ganze in die Tat umsetzen.

Er musste helfen.

Er musste ...

***

... sie retten, dachte Kate, als sie sich an den Flyer erinnerte, den sie in den Unterlagen ihres Urgroßvaters entdeckt hatte, und den Steve übersetzt hatte. Der ihnen damals, in Beaufort ein Stirnrunzeln bescherte, das sich jetzt in ihr aufzulösen begann.

Manchmal sind es die kleinen Botschaften, die uns alle verändern, dachte sie, als sie sich an Viktor erinnerte und dabei einen heißen, schmerzhaften Stich verspürte, als sie an ihren Streit zurückdachte. Daran, wie hasserfüllt er sie angeschaut hatte, wie wütend er gewesen war, als sie ihm gesagt hatte, dass sie die Urenkelin des Mannes war, der an dem Leid seiner Uroma schuld war. Dass sie versuchte, irgendwie zu verstehen, was damals geschehen war, und warum sie darüber geschwiegen hatte.

Wenn ich ihm doch nur eine kleine Botschaft überbringen könnte.

Wenn ich ...

Ihre Gedanken brachen ab, während sie auf ihrem Bett in der Pension lag. Ihr Kopf dröhnte. Sie versuchte, rekapitulieren zu können, was damals geschehen war.

Mehr als Gretas Tagebuch hatte sie nicht mehr.

Dazu die sorgsam eingeklebten, in ihre Aufzeichnungen integrierten Briefe ihres Urgroßvaters.

Was mir erklärt, dass er seine Vergangenheit mit Greta auslöschen wollte.

Warum hat er sonst versucht, all die an sie geschriebenen Briefe zu stehlen?

Weil er sich geändert hatte.

Er hatte sich geändert!, dachte sie mit Nachdruck und warf einen erneuten Blick auf das schwarze Display ihres Handys und hoffte so sehr, dass Viktor auf ihre

hastig und mit fliegenden Fingern in die Tastatur ge-
tippten Worte antworten würde.

Doch es herrschte Stille. Kein *Pling* einer eingehen-
den Nachricht. Nur die Ruhe eines Raumes, in dem
nichts weiter getan wurde als …

***

… zu denken.

Denken. Denken. Denken.

Greta verabscheute diesen Moment der Untätigkeit.
Dieses Gefühl, nicht Herr der Lage zu sein. Seit vier Tagen wartete sie nun schon auf Antwort von Hans auf
ihren Brief. Vier lange Tage, in denen ihre Laune unentwegt schlechter wurde. Sie merkte, wie reizbar sie war.

Was sie dazu trieb, das elterliche Haus zu verlassen
und auf die Frage ihres Vaters hin schnippisch zu antworten, wohin sie denn ginge: „Aus. Mich vergnügen",
um dann ihren Hut zu nehmen, und sich diesen auf die
sorgsam hochgesteckten Haare zu setzen und hinaus
auf die Straße zu treten.

Dorthin, von wo aus ihr der kalte, winterliche Wind
entgegenblies, und das unentwegte Knattern und Don-
nern detonierender Bomben zu hören war. Von den
Flaks, die versuchten, die stetig auf Hamburg fallenden
Sprengsätze der Amerikaner und Engländer irgendwie
vor dem Einschlag in der Luft detonieren zu lassen.

Was ihnen nicht gelang.

Schon seit Tagen nicht mehr.

Greta, die die Wende des Krieges nicht verstehen
konnte, nicht verstehen wollte, fühlte sich in ihrer ari-
schen Seele so sehr verletzt, dass sie am liebsten laut

geschrien hätte. Die unter der Hand weitergereichten Informationen, die ihr Vater erhalten hatte, hatten sie alle beunruhigt.

Nichts war mehr von den Jubelstürmen geblieben, die sie durchfuhren, als es hieß, dass die Westfront in Frankreich durchbrochen worden sei. Dass die Wehrmacht eiligen Schrittes Paris einnahm, dass Amsterdam gefallen war und Belgien kapituliert hatte.

Nichts war mehr von dem Gefühl menschlicher Überlegenheit übrig geblieben, als es hieß, dass die deutschen Truppen sich nun Russland vornehmen würden und dabei waren, das einzige Großreich unter der gewaltigen Maschinerie aus Panzern und Geschützen zu zermalmen.

Greta zog den Mantel enger, den sie sich flüchtig übergeworfen hatte. Eisig wehte ihr der Wind entgegen, traf ihr Gesicht und ließ sie glauben, von rasiermesserscharfen Klingen getroffen zu werden.

Sie erschauderte, als eine Böe sie streifte, die geradewegs über die Elbe geweht kam.

Doch sie ging weiter.

Stoischen Schrittes, um dann, nach gut einer halben Stunde, durchgefroren und zitternd, das Haus aufzusuchen, das auf dem Hinterdeich aus roten Ziegeln errichtet worden war.

Sie klopfte an die Tür und sagte, als ein älterer Herr diese öffnete und sie misstrauisch anschaute: „Ist Gustav zu Hause?"

Der Mann nickte. „Kommen Sie rein. Ich rufe ihn."

„Danke."

„Wen haben wir denn da?", wollte Gustav wissen, der im lässigen Gang die Treppe heruntergeschlendert kam, eine qualmende Zigarette zwischen den Lippen. Sein Haar ordentlich gescheitelt und kurz geschnitten; in seinen grünen Augen den lüsternen Blick eines Mannes, der genau wusste, dass er sich alles nehmen konnte, was er wollte.

„War Hans die letzten Tage in der Kaserne?“, fragte sie und überging den geschmacklosen Tonfall von Gustav und überwand sich, ihren Schauer zu unterdrücken, als sie dessen Blicke bemerkte, die über ihren Körper glitten.

„Natürlich. Eifrig und pflichtbewusst wie eh und je.“

„Hat er viel zu tun?“

„So wie wir alle.“

„Er kann also keine Briefe beantworten, weil seine Aufgaben ihn so sehr in Anspruch nehmen?“

Gustav, der die unterste Stufe der Treppe erreicht hatte, der noch einmal an seiner Zigarette zog, sodass diese hellrot aufglimmte, zog die Augenbrauen kraus.

„Er hat sich verändert“, sagte Greta.

„Ja, das hat er“, bestätigte Gustav und ließ nun seine Maske fallen, hinter der er seinen Ekel und seine Abscheu verborgen gehalten hatte. Blanker Hass stand jetzt in seinen Augen und um seine Lippen herum hatte sich ein tückischer Ausdruck geschlichen und er fragte: „Was weißt du?“

„Nichts“, meinte sie. „Noch nicht.“

Gustav nickte und erwiderte: „Dann finden wir beide heraus, was er zurzeit so treibt.“

***

Erneut musste Kate an Viktor denken, an das, was ihr gerade durch den Kopf geschossen war. Dass kleine Nachrichten das Leben verändern konnten.

Was, wenn ich ihm auch schreibe?, fragte sie sich, spürte den sanften Druck ihres in ihrer Hosentasche steckenden Handys und wusste nicht, was sie machen sollte. Das, was sie hier las, was Maximilian Schäfer für sie übersetzt hatte, hatte sie mit Freude und andererseits mit bleiern schwerer Angst erfüllt.

Freude, weil sie sich sicher war, dass ihr Urgroßvater nicht einfach so geflohen war, weil der Krieg verloren zu gehen drohte und er dadurch seine erbärmlich juckende, von Schuld beladene Haut retten wollte. Sondern, weil er ernsthaft daran interessiert gewesen war, Leben zu retten.

Bleiern schwere Furcht empfand sie, weil sie nicht wusste, was aus Carmen geworden war. Wieso hatte sie die Reise in die USA nicht mit angetreten?

Während sie durch Gretas Tagebucheintragungen blätterte und sie sich übersetzen ließ, als sie sich mit Gustav getroffen hatte, der ebenso wie sie überzeugt davon war, dass Hans zu einem Volksschädling geworden war, wusste sie nicht, wie sie weiter vorgehen, geschweige denn einen klaren Gedanken fassen sollte.

Es kam ihr so vor, als suchte sie verzweifelt nach einem Strohhalm, der es ihr ermöglichte, das Licht ihres Urgroßvaters heller scheinen zu lassen, als er es verdiente.

Er hat Menschen umgebracht, machte sie sich bewusst und musste an Viktor und seine Familie denken, daran, was für ein Leid sie erfahren hatten und was für einen Kummer so viele Jahre später noch in ihnen allen

steckte. *Für Sonderurlaub. Er hat schikaniert und gequält. Er hat hinter dem System gestanden.*

Aber kann man seine Meinung nicht ändern?

Das war eine Frage, die sie sich unentwegt stellte.

Die ihr mit einer heftigen, voller Hass und Wut gestellten Gegenfrage in den Sinn kam, die sie wissen lassen wollte: *Macht es das Leid ungeschehen?*

Leben die Toten dadurch wieder?

*War er nicht nur ein einfacher Egoist, der eine Frau
hatte retten wollen, weil er sich in sie verliebt hatte?*

*Wäre ihm das nicht geschehen, wäre er dann nicht
weiter der verblendete, ekelhafte Bastard geblieben,
der er gewesen war?*

Um sich dann zu fragen: *War es nicht die Liebe, die
ihn sich ändern ließ?*

Hat er nicht zwei Leben gerettet?

Sie war hin und her gerissen und nicht dazu in der
Lage, eine Antwort auf ihre quälend beißenden Fragen
zu finden.

***

„Sie haben schon in Erfahrung bringen können, was
meine Mutter Ihrem Urgroßvater angetan hat?", fragte
Schäfer und riss Kate damit aus ihren Gedanken. Sie
blinzelte, als sie aufschaute, schüttelte den Kopf und
fragte: „Was?"

Sie war dankbar darüber gewesen, dass Gretas Sohn
sie noch einmal empfangen hatte. Dass er dazu bereit
gewesen war, mit ihr über das zu reden, was in den
Briefen und Tagebüchern zu lesen war.

„Ob Sie gewusst haben, dass die Gestapo hinter ihrem Urgroßvater her war?", fragte Schäfer sie und deutete auf das in Kates Händen liegende Tagebuch, das so viele Informationen bereithielt, und das sie doch nicht lesen konnte.

Sie antwortete: „Ja", während sie Schäfer direkt anschaute, und fuhr mit ihren Fingern über die einzelnen Buchstaben in dem Buch. „Ich wusste nur nicht, wer es war.

Mister Christensen hat mir gesagt, dass es Aufzeichnungen gibt, die vermuten ließen, dass Uropa nicht mehr diensteifrig war, wie anfangs, als er im KZ anfing."

„Es waren Gustav und meine Mutter. Sie hat aufgeschrieben, dass sie mit dem Gauleiter Kontakt aufgenommen hatte und dieser ihren Verdacht aufnahm und weiterleitete.

Wie lange das ganze Prozedere gedauert hat, kann ich Ihnen aber nicht sagen.

Ich weiß nur, dass Ihr Urgroßvater einen Fehler begangen hat."

„Einen Fehler?" Sie schaute Schäfer zweifelnd an.

„Einen tödlichen. Er ..."

***

„ ... muss hier irgendwo sein", murmelte Greta zu sich, die noch immer versuchte, die in ihr entfachte Nervosität unter Kontrolle zu bekommen.

Sie hatte den Namen ihres Verlobten zwei Mal gerufen, als sie dessen Grundstück betreten hatte. Zwei Mal mit solch einer Inbrunst, dass es ihr peinlich war, dass einer der Nachbarn ihre Rufe hätte hören können.

Sie werden sich belästigt fühlen, dachte sie und war noch immer wie unter Spannung, wenn sie sich an die letzten Tage erinnerte. An die zurückliegende Woche, als sie zum Gauleiter gegangen war, und ihn darüber in Kenntnis gesetzt hatte, dass sie den Verdacht hatte, dass ihr Verlobter zum Volksschädling geworden war.

Daraufhin hatte sie nicht mehr zu hören bekommen, als dass sie sich um ihre Sorgen kümmern würden.

Und dann?

Gar nichts.

Weder von Gustav noch von einem der anderen Männer war sie informiert worden, wie es mit Hans weitergehen würde. Wie er dachte, dass es zwischen ihnen weiterging. Hinzu kam noch, dass sich ein nagendes, sie zweifeln lassendes Gefühl von Unsicherheit in ihr ausgebreitet hatte.

Sie war sich plötzlich nicht mehr sicher gewesen, ob sie richtig gehandelt hatte.

Ob es gerechtfertigt gewesen war, Hans an den Pranger zu stellen und ihm vorzuwerfen, er würde sich nicht ausreichend um sie kümmern und ihre Gefühle erwidern.

Aber benahm er sich nicht seltsam in der vergangenen Zeit?

Hatte er bei ihrem letzten, gemeinsamen Abendessen nicht ausweichend auf die Fragen ihres Vaters reagiert? Hatte diesem nur stockend erzählt, wie der Dienst in Neuengamme verlief? Hatte nicht mit seinen Heldentaten geprahlt, hatte nicht darüber gesprochen, wie er gedachte, dem deutschen Volk dabei zu helfen, weiter im glorreichen Licht des Führers zu erstrahlen.

Stattdessen hatte er merkwürdige Fragen gestellt.

Nach Wegen, die die Fuhrleute ihres Vaters nahmen.

Wie lange sie brauchten, um von hier nach Rothenburgsort und von dort aus zur Veddel zu kommen. Hatte sich plötzlich für Ladung und dergleichen interessiert.

Für meine Briefeschachtel. Hat sich von mir zeigen lassen, wo ich seine an mich gerichteten Briefe aufbewahre.

Das alles passte doch gar nicht zu Hans.

Ganz und gar nicht.

Ihre Unsicherheit begann zu schwinden und wich einer erneuten Wut, als sie ihren Blick über die Anrichte im Hausflur schweifen ließ und das bereitgestellte Körbchen sah, in dem Hans immer sorgsam und fürsorglich, die Ordnung liebend, seine ihm zugestellte Post aufbewahrte. Sie erkannte, dass Briefe in der aus Weidegras geflochtenen Schale lagen.

Ihre Briefe.

Ungeöffnet.

Ihre Finger glitten über das feinsäuberliche, mit ihren eigenen Initialen bedruckte Papier des Umschlags. Sie betrachtete ihn und wusste nicht, ob sie lachen oder weinen sollte.

Ihre Lippen wurden zu blutleeren Strichen, während ihre Augen sich zu Schlitzen zusammenkniffen, aus denen sie kaum noch etwas sehen konnte.

Am liebsten hätte sie geschrien, oder gebrüllt.

Sie wollte all den in ihr emporschnellenden Zorn herauslassen. Wollte die Wut nicht mehr zügeln, und alle in ihr vorhandenen Kanäle öffnen, die ihr zur Verfügung standen und die sie ohne Weiteres dazu brachten, herrisch, überheblich und vor allem hysterisch aufzutreten.

Nur um dann einen Gedanken in sich aufsteigen zu spüren, der ihr merkwürdig erschien. Der es schaffte, sie so weit herunter zu kochen, dass sie ihre Enttäuschung über die eben ungeöffnet gefundenen Briefe beinahe vergaß.

Beinahe.

Es schwelte in ihr, brodelte, und war wie langsam vor sich hin blubberndes Wasser, das kurz davor stand überzukochen. Aber wie ein unaufmerksamer Koch, der mit zehn Dingen gleichzeitig beschäftigt war, war auch sie mit unzähligen Emotionen und Eindrücken belastet, die ihren Blick auf ihre innere Gefühlswelt zu erdrücken begannen.

Sie schluckte, als sie merkte, dass ihr Gedanke neue, sie beängstigende Formen annahm. Als sie begriff, dass da etwas in ihr war, das nicht wollte, dass es Hans schlecht ging. Dass er weiterhin der charmante, aufrichtige, treue Mann war, in den sie sich an jenem Tanzabend in der Lohbrügger Landstraße verliebt hatte.

Der Mann, der so angenehm roch und so gut schmeckte, wenn sie ihn küsste.

Der es mit Leichtigkeit schaffte, in ihr Träume zu entfachen, die sich mit Kindern beschäftigten. Mit kleinen Jungen und Mädchen, die zwanglos und spielend, über die Weiten ihres gemeinsamen Landes liefen.

Was, wenn er gerade eine große Aktion für seine Insassen plant? Einen weiteren Schritt auf seiner

Der in ihr wachsende Kummer, nahm eine solch bedrückende Form an, dass sie nicht wusste, wie sie sich weiter ihm gegenüber verhalten sollte. Sie war hin und her gerissen. Jetzt, wo sie durch sein Haus lief und nicht wusste, was richtig und was falsch war, kam es ihr so vor, als dränge sie in eine ihr völlig fremd gewordene Welt ein.

Ihr: „Hans? Wo bist du?", kam ihr ebenso unaufrichtig wie aufgesetzt vor.

Was, dachte sie, *wenn ich mich nur selbst verrückt gemacht habe? Wenn ich ihn schuldlos verdächtige?*

In dem Moment, als sie in den Salon trat und auf der Unterlippe kaute, auf der Suche nach ihrer verloren gegangenen Wut, tauchte Hans plötzlich auf. Leise und vorsichtig schloss er, als wollte er verhindern, dass das teuer gefertigte Glas aus der Fassung sprang, die Tür.

Er drehte sich herum, als sie sagte: „Hans", und zuckte dabei so sehr zusammen, dass Greta beinahe aufgelacht hätte.

„Warum bist du so schreckhaft?", plapperte sie los. „Hast du mich denn nicht erwartet?"

„Erwartet?"

Erste Funken ihres Zorns begannen in ihr wie glühende, abgeschliffene Metallspäne zu sprühen.

„Meine Briefe?", sagte sie schnippisch. „Du hast sie nicht gelesen."

„Doch habe ich", entgegnete er, ohne auf die Feinheiten dessen zu achten, was sie sagte. Offenbar erschrocken darüber, dass sie unangekündigt hierher gekommen, dass sie einfach in sein Haus eingedrungen war, suchte er nach einer plausiblen Ausrede, die Greta alles andere als befriedigen, geschweige denn zufrieden stellen konnte. „Ich … ich habe es nur vergessen.“

„Dass ich komme?“

„Es tut mir so leid“, sagte er, breitete die Arme aus und kam mit diesem, sie schier um den Verstand bringenden Lächeln auf sie zu. „Ich habe wohl die Zeit vergessen.“

„Warum?“

Seine mühsam errichtete Fassade ausgestrahlter Gelassenheit bekam erneut Risse und Sprünge. Sie konnte sehen, wie Gedanken durch seinen Kopf huschten, wie sein Gesicht sich verschloss und er krampfhaft darum bemüht war, dem von ihr begonnenen Verhör entgegenwirken zu können.

„Nun ja. Der Garten … er … er … er bedarf Pflege.“

„Der Garten? Tatsächlich?“ Sie verschränkte die Arme vor der Brust und fragte: „Unsere Beziehung etwa nicht?“

Er schluckte nervös.

„Die natürlich mehr als alles andere.“

„Und warum liest du meine Briefe dann nicht?“

Sie sah, dass Hans versuchte, wieder zu sich zu kommen. Er blinzelte, legte die Stirn in Falten und lachte schallend auf. Eine Spur Falschheit lag in diesem Klang, der Greta nicht entging.

Sie hörte, wie ungezwungen er klingen wollte. Wie er um seine eigene Reputation kämpfte.

Was ihm fast gelungen wäre. Er hatte einen solch echten, unverwüstlichen Ton getroffen, dass die in Greta vorhandenen Zweifel so groß geworden waren, dass sie sich selbst schon als lächerlich betitelte. Dass sie sich sagte, dass es albern war, was sie hier dachte und fühlte.

Nur um dann ihren eisigen Panzer in die Höhe zu ziehen.

„Ich habe sie wieder zugeklebt, weil ich nicht wollte, dass jemand denkt, unsere Korrespondenz wäre offen zugänglich. Liebes, ich habe uns beide doch nur schützen wollen."

Ihr Gesicht wurde hart und eisern.

Ihre Augen waren Kugeln voller Hass.

„Du hast Gäste?"

Hans wurde blass, als er fragte: „Gäste?"

„Wer sonst sollte an unserem Austausch an Gedanken und Gefühlen teilhaben können, wenn nicht Gäste? Du erwähntest nichts davon, dass du Besuch erwartet hast.

Und wenn du doch welchen beherbergst, frage ich mich, warum du mich nicht vorstellst."

Hans leckte sich über die Lippen. Er wedelte mit der Hand durch die Luft und sagte: „Du interpretierst viel zu viel in meine Worte hinein. Ich habe dir doch von meinem Gärtner berichtet, oder?"

„Nein."

„Er wurde eingezogen und kann seitdem nicht mehr für mich arbeiten. Ich habe mich um jemand neuen bemüht. Ja, das habe ich wirklich, aber da ich diesem Mann noch nicht richtig vertraue, nun ja, klebe ich die Briefe wieder zu. Aus Schutz. Weißt du?"

Greta lächelte kalt.

Er log …

Kapitel 5

Schatten und Licht

Hans wusste selbst, dass es verrückt war – geradezu abnormal.

Aber wenn er in der Baracke seinen Dienst verrichtete und die Menschen dabei beobachtete, wie sie hart schufteten und sie in der Kiesgrube ihr Leben ruinierten, sie von seinen Kameraden schikaniert wurden, wanderten seine Gedanken nicht zu Greta, wie es eigentlich sein sollte, sondern glitten hinüber, zu der kleinen Hütte auf seinem Grundstück. Zu der sich dort versteckenden, in dauerhafter Angst lebenden Carmen. Zu jener Frau, zu der er sich erst vorgestern am Abend gesetzt hatte. Ein wenig Brot dabei, Käse und Wurst, in sich das Gefühl und die Hoffnung, dass er das immer noch zwischen ihnen herrschende Eis endlich brechen konnte. Dass sie aufhörte, ihn mit diesen kalten, studierenden, ihn sezierenden Augen zu betrachten und versuchte, in ihm wie in einem Buch zu lesen.

Sie hatten, wie er fand, und für ihre Verhältnisse, ein gutes, ausgiebiges, bereicherndes Gespräch geführt.

Darin war keinerlei Vorwurf gewesen; kein Hass aufeinander, keine versteckten Attacken auf den jeweils anderen. Nicht ihre spitzzüngigen Bemerkungen, nicht die ihn immer wie unter einem Peitschenhieb zusammenzuckenden, Gift verspritzenden Blicke, die ihm deutlich signalisierten, was sie von ihm hielt.

Während ihre Kinder und sie genussvoll in das von ihm gereichte Weizenbrot bissen, hatte er wissen wollen, woher sie kamen und was sie getan hatten, bevor der, nun, er nannte es Schlamassel, geschehen war.

Carmen, die gerade herunterschluckte und auf deren vollen roten Lippen ein Hans betörender Fettfilm lag, legte den Kopf schief, und schien nicht zu wissen, wie sie seine Frage beantworten, geschweige denn ihr begegnen sollte. Sie betrachtete ihn ausgiebig und riss dann die Augen auf, als Hannah, mit ihrer lieben, zarten, Hans zum Lächeln bringenden Stimme sagte: „Papa war Fernmelder und musste immer ganz viele Nachrichten in die Ferne schicken."

„War er das?"

Das Mädchen nickte, während sie genussvoll in das Brot biss, ihre ihm gegenüber ansonsten an den Tag gelegte Scheu ablegte. Nur einmal kurz, in dem Moment, als er sie ansprach, er den Kopf zur Seite neigte, sich ein Lächeln auf seine Lippen legte, schien sie begriffen zu haben, was sie da gesagt hatte. Dass sie mit dem Mann redete, den weder sie noch ihre Mutter einschätzen konnten. Vor dem sie Angst hatten, wie an dem Abend, als er sie aus ihrem Haus geholt und hierhergebracht hatte. Ohne zu wissen, dass er sich durch diese Aktion selbst in größte Gefahr begeben hatte. Ohne zu ahnen, dass ihm unentwegt dieser eine, ihn verstörende Satz durch den Kopf ging, den er nur flüchtig, nur beiläufig gelesen hatte.

Der ihn aber nachhaltig beeinflusste.

Der in ihm einen Mechanismus in Gang setzte, den er bei allem, was er versucht hatte, nicht aufhalten konnte.

Es war ihm nicht gelungen.

Selbst in den Momenten nicht, als er in Neuengamme war, morgens, in der Frühe, während er brüllend durch die Baracken der Gefangenen lief. Er die Insassen anbrüllte, sie anschrie, sie antrieb, jetzt gleich und sofort aus ihren Betten zu kommen.

Es war eine ekelhafte, ihm körperliche Schmerzen bereitende Aufgabe. Lästig und unnatürlich. Die ihm erst, seit er diesen einen Satz gelesen hatte, keinen Spaß mehr bereitete.

Die mir zeigt, was für ein Mensch ich bin.

Scheusal, hat einer der Gefangenen einst zu mir gesagt.

Will ich das denn sein?

Es war ein Gedanke, der ihm nicht mehr aus dem Kopf gehen wollte. Der unentwegt seine Kreise in ihm zog und ihn an nichts anderes mehr denken ließ. Meistens in den Momenten, wenn er sah, wie seine Kameraden die Häftlinge drangsalierten, wie sie diese traten und schubsten, diese in permanenter Angst hielten, sie könnten hier und jetzt sterben. Dann, wenn er sah, wie sich die ausgemergelten, von harter Arbeit und Hunger ausgezehrten Gesichter verzogen. Wie ihnen die letzte Farbe aus den blassen Wangen wich. Wie sich ihre Augen weiteten, ihre Münder sich aufeinanderpressten, sie eine Haltung annahmen, die Hans verwirrte und ihm zusetzte. Die ihn denken ließ: *Sie versuchen, sich unsichtbar zu machen.*

Sie wollen verschwinden.

Endlich rauskommen, aus der Hölle, die wir ihnen bereiten.

Und jetzt, wo er daran dachte, wie Carmen ihre Hannah anschaute, sie ihr Kind dazu bringen wollte, den Mund zu halten, musste er wieder daran denken, wie ihm dieser Gedanke gekommen war: *Scheusal.*

Sie sehen dich so. Ganz genauso. Egal, was du tust. Egal, was du sagst. Du wirst für sie nichts weiter sein als ein … Monstrum!

Das war ein Schlag für ihn gewesen. Eine nicht mehr aus dem Kerbholz seiner Seele zu tilgende Gravur. Ein Schandfleck, obwohl er immer gehofft hatte, eine blütenweiße, reine Weste behalten zu können.

Mörder, huschte ihm der Gedanke durch den Kopf, der ihn verfolgte, der ihn nicht mehr losließ, seit er gesehen hatte, wie der vor ihm kauernde Mann ihn ungläubig anschaute, als Hans seine Dienstwaffe zog. Als sein Gesicht sich verhärtete, er ihn noch einmal fragte: „Darfst du mich anrempeln?"

Hans schluckte schwer.

Das Ganze war ihm abstrakt vorgekommen; beinahe surreal. Aber in dem Moment, als der Gefangene ins Stolpern geraten war und dieser ihn mit Kiesstaub bedeckte, er seine immer tadellos in Ordnung gehaltene Uniform beschmutzte, war etwas in ihm ausgetickt. Da war ein Mechanismus in ihm in Gang geraten, den er nicht mehr, egal was er tat, egal was er versuchte, hätte aufhalten können.

Er hatte die Dienstwaffe gezogen, ohne mit der Wimper zu zucken.

Und er hatte abgedrückt.

Einfach so.

Peng.

In dem Moment, als er sah, wie der ungläubige Ausdruck aus dem Gesicht des Gefangenen verschwand und es eingehüllt wurde, in einer Wolke aus Pulverdampf, waren die ersten Risse in seinem Gemüt entstanden. Fragen hatten sich in ihm aufgetürmt, die er nur mit Mühe hatte in sich niederkämpfen können.

Bis zu dem Moment, als ich diesen einen, mich aus dem Konzept bringenden Satz gelesen habe.

Als ich begriff, wer ich wirklich bin ...

Er hatte in der Hütte ebenso geschluckt, wie er es jetzt auf seinem Aussichtspunkt tat. Es war ein Gefühl der Hoffnungslosigkeit, das ihn mit solch einer Wucht traf, mit so einem Hammerschlag, dass er kurz davorgestanden hatte, Carmen flüsternd zu sagen: „Entschuldigt bitte alles, was ich getan habe.“

Aber ich habe es nicht getan, dachte er jetzt, als er sah, wie Gustav auf ihn zukam, einen Zigarettenstummel zwischen den Lippen, den Blick gesenkt, das Gesicht zu einer Maske aus Hass, Ekel und Abscheu verzogen.

Hans bekam Magenschmerzen.

Er wusste, was es bedeutete, wenn Gustav so aussah. Wenn sein Freund in düsterer, unberechenbarer Stimmung gefesselt war und seinen Unmut nicht anders bewältigten konnte, als sich an den Gefangenen zu vergreifen.

„Hast du den faulen Bastard da hinten an der Treppe gesehen?“, fragte Gustav und deutete zu der Grube, in der unzählige der hier inhaftierten Menschen arbeiteten. „Der, der den Eimer Schutt immer zwei Mal abstellt, und schwer durchatmet und so tut, als könnte er nicht mehr?"

„Ja", sagte Hans, um einen Tonfall der Gleichgültigkeit bemüht.

Noch immer an seine Erinnerungen gefesselt, wie er Carmen gefallen wollte. Wie er darum kämpfte, dass sie begriff, dass er nicht das unsensible, hasserfüllte …

… Scheusal …

… war, für das sie ihn hielt.

„Ich finde, wir sollten ihm mal zeigen, was wir von solch einem Stück Scheiße halten, das seine gottgegebene Aufgabe nicht gewissenhaft erfüllt. Was meinst du?"

Hans zuckte mit den Schultern. Er hatte im ersten Moment sagen wollen: „Mach du, ich decke dich", um sich diesen abweisenden Kommentar zu verkneifen. Er wusste, wenn er Gustav nicht begleitete, würde dieser nicht an seiner Seite stehen. Sein einstiger bester Freund würde ihm einen weiteren, musternden, ihn durchleuchtenden Blick schenken, der Hans langsam aber sicher unangenehm, um nicht zu sagen unheimlich, zu werden begann. Der ihm Worte der Warnung in den Verstand jagte, und ihm zurief, dass er vorsichtiger sein musste.

Unauffälliger.

Er war in den letzten Wochen allgemein viel zu nachgiebig mit den Gefangenen gewesen.

Er hatte sie nicht mehr getreten, sie nicht geschlagen, hatte sie beim morgendlichen Appell nicht zu grob angefasst. Er hatte sie nicht mehr beleidigt und ihnen gesagt, dass sie weniger wert seien, als ein Stück Scheiße, das sein reinrassiger, deutscher Schäferhund mit Vorliebe auf den Deich kackte.

Er war dazu übergegangen, die Gefangenen zu mustern, sie anzustarren und ihnen das eine oder andere Lächeln zu schenken; noch immer kalt und noch immer distanziert, ohne von ihm ausgehender Gefahr.

Darauf hatte Gustav ihn angesprochen und ihn gefragt, ob alles gut bei ihm sei.

Woraufhin Hans ihm versicherte, dass er an nichts anderem interessiert sei als dem Endsieg und dem Wissen, dass Ungeziefer, wie die Insassen hier, endlich das Zeitliche segnen und aufhören sollten, die Luft, die er atmete zu verpesten.

Da war Gustavs Misstrauen verschwunden. Kurzzeitig. Es war wiedergekehrt, an einem Abend, als sie zusammengesessen hatten, während ihr Dienst sich dem Ende entgegen neigte, und Hans wissen wollte, was Gustav sich unter Liebe vorstellte. Ob diese auch Gnade beinhaltete. Wie er meinte, dass sie sich äußerte.

„Du hast doch Greta, sag du es mir. Bettelst du bei ihr nicht um Gnade, wenn sie auf dir sitzt?“, war seine von einem abfälligen, lästernden Lächeln begleitete Antwort gewesen.

Ein plötzlicher Stimmungsumschwung hatte von Gustav Besitz ergriffen. Ein lauernder Ausdruck war in seine Augen getreten, als er wissen wollte: „Oder meinst du nicht dein Mädchen?“

„Natürlich. Doch, doch“, hatte Hans hastig ausgestoßen und gemeint, Gustav sollte seine Frage vergessen.

„Was hast du vor?“

„Keine Gnade zeigen“, meinte Gustav, der nach seinem Schlagstock tastete, den er stets bei sich trug, einem gefundenen Schatz gleich, den man niemals im Leben verlieren wollte.

„Zeig ihm, wer der Herr ist", flüsterte Hans und meinte, sein Herz würde ihm bis zum Hals schlagen, als Gustav den Schlagstock betrachtete und ihn Hans hinhielt. Er zischte: „Du bist der Herr ..."

***

... es ist merkwürdig, wie Herr Meyer sich den Kindern und mir gegenüber verhält. Als er uns hergeholt hat, drohte er uns ja beinahe, dass wir hart für unser Brot arbeiten müssen. Jetzt aber ermahnt er uns, die Hütte nicht mehr zu verlassen. Er sagt unentwegt, dass wir hierbleiben und uns verstecken sollen.
Wenn ich es nicht besser wüsste, könnte ich denken, er verändert sich.
Du wirst mich jetzt bestimmt fragen, woran ich dies fest mache.
Nun, lass mir dir kurz etwas erzählen.
Er kam gestern zu uns, setzte sich uns gegenüber und schaute uns dabei zu, wie wir aßen. Dabei fragte er, wer wir sind, woher wir kommen und sagte, dass er für uns hoffe, dass dieser Schlamassel, in dem wir gerade stecken, bald vorüber sei. Und dann versuchte er, mit den Kindern zu reden. Er wollte sich ernsthaft mit ihnen unterhalten. Nachdem er gefragt hatte, ob die Kinder auch immer gern verstecken gespielt haben, deutete er aus dem Fenster.
„Haben wir", riefen sie und sahen so begeistert aus, so fröhlich, dass es mir das Herz ganz schwer werden ließ. Ich wusste, dass sie die zurückliegende Unbeschwert-

heit niemals wieder so erleben würden, wie sie es einst getan haben.

Und Hans sagte ihnen, dass er sich damals, als seine Eltern noch lebten, auch gern auf dem Dachboden versteckt hätte. „Da oben", hatte er gemeint und auf das uns gegenüberliegende Haus gedeutet.

„Da oben gibt es eine kleine eingelassene Tür in der Wand, dahinter konnte man sich sehr gut verstecken. Oh, wie habe ich mich da damals gern versteckt. Niemand konnte mich hören und ich niemanden sehen. Es war herrlich. "

Er erzählte uns von früher, wie er als Kind gelebt hatte, wie seine Mutter ihn erzog, nachdem sein Vater bei einem Zugunglück verstorben war. Er war Bahner gewesen, erzählte er und wollte wissen, ob die Kinder sich gut an ihren Papa erinnerten.

Hannah hatte ihm ja gesagt, dass ihr Vater bei den Fernmeldern gewesen war, bevor die Verfolgung anfing. Er war erneut zusammengezuckt, als Hannah erzählt hatte, wie sehr sie ihren Vater liebte und vermisste.

Da hat Hans ganz bekümmert ausgesehen.

Er drehte den Kopf weg und murmelte etwas, das ich nicht verstand.

Als er sich wieder gefangen hatte, hatte er gefragt, ob wir wüssten, wo mein Mann abgeblieben wäre, ob er, wie er es nannte, in einem der Erziehungsheime untergekommen war. Ein Heim, in dem auch er seinen Dienst verrichtete.

Ich sagte ihm, dass sie meinen Mann bereits vor zwei Jahren geholt hatten. Von der Straße weg. Er war gerade dabei gewesen nach Hause zu gehen. Wir wussten *nicht, wo er seitdem war, und seit jenem Tag lebten auch wir in dauerhafter Angst, sie könnten uns holen. Da meinte er, er würde das nicht zulassen. Niemals. Das ist es, was mich so verwundert, Schwesterherz. Er scheint sich dahingehend vollkommen verändert zu haben.*

Als wäre er wie das Biest aus dem französischen Märchen „La Belle et la Bête" von Gabrielle-Suzanne de Villeneuve, das Mama uns immer vorgelesen hatte. Erinnerst du dich noch?

Hach, ich wünschte mir, die Zeiten wären wieder so unbekümmert wie damals, und ich nicht so hin und hergerissen, zwischen Hoffen und Bangen und nicht so durcheinander, weil ich Hans unbedingt vertrauen will ...

***

Viktor wusste selbst nicht, was mit ihm passierte, als er hörte, wie Kate aus dem Taxi stieg und freudestrahlend verkündete, dass der Mörder seiner Familie im eigentlichen Sinne ein guter Mann gewesen war. Dass es doch egal war, dass er im KZ-Neuengamme, ohne mit der Wimper zu zucken, Insassen drangsaliert, gequält und hingerichtet hatte. Dass er, wie aus den Unterlagen zu ersehen war, sogar Belobigungen für besondere Diensteifrigkeit erhalten hatte. Wie er belobigt worden war, weil er einen Mann erschossen hatte und dafür einen Sonderurlaub von zwei Tagen erhalten hatte.

In Viktor war all der Frust emporgestiegen; all die Wut. Die damals verloren gegangene Chance, aus der Familie könnte etwas werden. Aus ihnen allen hätte mehr werden können, als gebrochene und geflüchtete Menschen, deren Angehörige es mit Mühe und Not schafften, sich über Wasser zu halten.

Die so schwere Verluste durch die Nazis hatten erleiden müssen, dass nichts weiter übrig geblieben war, als seine Uroma.

Das war nicht fair. Nicht richtig. Sie hätten niemals so auseinandergerissen werden dürfen.

Viktor, dem die Tragweite jetzt erst richtig bewusstwurde, der meinte, ein Licht nach dem anderen würde in ihm aufgehen und seinen bisher im Dunkeln liegenden Verstand endlich erhellen, konnte nicht weiter in Kates Nähe sein.

„Ich muss atmen", hatte er auf Deutsch gesagt, die Hand gehoben, um ihr zu signalisieren, dass er nicht wollte, dass sie ihn berührte.

„Viktor", sagte sie, schaffte es aber nicht, seine noch immer sich wild im Kreis drehenden Gedanken unter Kontrolle zu bringen. Er musste weg.

Er hatte noch gerufen: „Ich habe bei deiner Wirtin etwas für dich hinterlegt. Schau es dir an, wenn du willst."

Dann war er verschwunden.

Und mit ihm seine sich eben noch gemachten Hoffnungen, er würde mit Kate heute einen schönen und übermorgen einen gigantischen Tag erleben.

Was er nun nicht mehr wollte.

Was er nicht mehr konnte.

Das Einzige, was ihm noch blieb, war in sein kleines, in Bergedorf liegendes Hotelzimmer zu gehen und noch einmal in den Briefen zu lesen ... in den kurzen knappen Aufzeichnungen seiner so früh verstorbenen

Tante. Um sich ihr irgendwie näher fühlen zu können. Um einen Hinweis zu finden, wo der Familienschmuck geblieben sein könnte.

In Amerika. Natürlich. Wo denn sonst? Hans hat ihn schließlich mitgenommen. Ganz bestimmt. Es reichte ja nicht, dass er die Kinder entführt hat – in eine für sie angeblich bessere Welt. Er hatte auch die Reichtümer mitnehmen müssen, die wir besaßen; den Schmuck ... um seine verfluchte Überfahrt bezahlen zu können. Um sich nach South Carolina begeben zu können, um sich, oh Wunder, wieder unter Gleichgesinnte mischen zu können. Zu ehemaligen Sklavenhaltern. Zu Menschen, den weiße Haut wichtiger war als Nächstenliebe.

Wäre er doch nur gefangen worden, dachte er bitter und musste einen anderen, einen ihn verunsichernden Gedanken hinnehmen, der in ihm einschlug, wie eine Bombe. *Und dann? Was wäre dann geschehen? Carmen ist von der Gestapo gefasst worden. Wäre es ihm auch so ergangen, was wäre dann aus den Mädchen geworden? Wären sie Opfer der Gräueltaten der Nazis geworden?*

Viktor biss sich auf die Unterlippe, als er sich auf seinem Bett von der einen auf die andere Seite drehte, und sich darüber wunderte, dass da noch etwas war, das unter der Oberfläche seiner Wut schwamm. Ein weiterer, ihn verwirrender Wortschwall, den er zuerst gar nicht einordnen wollte – nicht einordnen konnte. Um ihn dann doch in sich explodieren zu spüren, wie eine am Silvesterabend abgefeuerte Rakete in den nächtlichen Himmel.

Hätte er das nicht getan, hättest du Kate niemals kennengelernt ...

***

Hans meinte, ihn würde der Schlag treffen, als er zurückkehrte. Er hatte die beiden kastenförmigen Wagen schon aus der Ferne gesehen, als er die Straße herunterkam. Und jetzt, wo er so tat, als würde er hier nicht wohnen und ein anderes Haus aufsuchen wollen, sah er, wie die uniformierten Männer über sein Grundstück rannten, wie sie Befehle brüllten. Sie ließen ihre Hunde los und taten alles Erdenkliche in ihrer Macht stehende, um den ihnen erteilten Befehl auszuführen.

Hans sah, zu seiner Verwunderung, zu seinem Schrecken und zu seiner ihn bis in den Magen fahrenden Angst, dass sie Beute gemacht hatten.

Carmen!

Diese lag auf dem Boden, wand sich, schrie und versuchte, sich den stahlharten Griffen der Männer zu entziehen. Sie wehrte sich nach Leibeskräften, kam aber weder gegen die drei Kerle an, die sie grob zu Boden geworfen hatten und ihr die Hände gewaltsam auf den Rücken drehten, noch gegen die sich wie wild gebärenden, kläffenden Köter.

„Hier ist niemand mehr", brüllte einer der Männer. „Nur noch ein Hund."

„Gefährlich?", wollte ein anderer, unbeteiligt wirkender Beamter wissen, der seine Hände hinter dem Rücken verschränkt hielt und zu dem Mann schaute, der aus der Terrassentür hinaus blickte.

„Scheint abgerichtet zu sein."

„Eliminieren!", meinte der Beamte und ließ bei Hans einen noch nie gekannten Druck im Magen entstehen. Er wollte schreien, wollte toben, wollte sich auf die Männer werfen, wollte sich ihnen entgegenstellen und ihnen zeigen, was es hieß, sich mit ihm anzulegen.

Aber in dem Moment, als der trockene Schuss erklang, das Winseln von Wotan erscholl, fiel sein Blick auf die sich noch immer kreischend wehrende Carmen. Die zeterte und fluchte, die einem der Männer mit so viel Hass ins Gesicht spuckte, dass dieser den Kopf zurücknahm, und irgendetwas schrie, das Hans nicht verstand.

Es kam ihm so vor, als flösse Eis durch seinen Körper.

All seine Bewegungen, all sein Denken, einfach alles in ihm fühlte sich an, als wäre es erstarrt.

Aber in dem Moment, als er dastand und sah, wie die Männer sein Haus stürmten, wie sie seinen Hund erschossen, gab es einen kleinen, einen in ihm in der Dunkelheit seiner schlimmsten Befürchtungen pulsierenden Lichtreflex. Ein kaum wahrnehmbarer Punkt, der sich dennoch pochend und in einer rhythmischen Bewegung, gegen die Schwärze durchzusetzen versuchte, die sein Innerstes erfüllte.

Im ersten Augenblick, als er merkte, wie sein Atem ihm nur noch stoßweise über die Lippen ging und er spürte, wie seine Handinnenflächen sich mit Schweiß überzogen, er zu nichts weiter mehr fähig war, als mechanisch einen Schritt vor den anderen zu setzen, meinte er, nicht mehr denken zu können. Nicht einen Gedanken, so war seine feste Überzeugung, konnte er mehr durch seinen Schädel jagen lassen.

Nur um dann als der in ihm schimmernde Lichtreflex an Klarheit und an Stärke gewann, zu merken, dass da doch etwas in ihm war. Ein intensiver, ihn schaudern lassender, seinen Magen zusammenkrampfender Gedankenimpuls, der ihn den Kopf von dem sich vor ihm abspielenden erschreckenden Schauspiel nehmen ließ.

Die Kinder, dachte er. *Sie haben die Kinder nicht!*

Hans schloss die Augen, fühlte, wie sie sich mit Tränen füllten ... wie sich in ihm Gram und Abscheu ausbreitete ... er sein eigenes Schicksal verfluchte, so unaufmerksam gewesen zu sein. So unbedacht und unbekümmert, er sich in eine Maschinerie begeben hatte, in der Menschen systematisch eliminiert wurden.

Sie haben die Kinder nicht, hämmerte ihm erneut der Gedanke durch den Kopf und ließ ihn am ganzen Körper zittern.

„Hey, du da", brüllte plötzlich die Stimme eines befehlsgewohnten Mannes. „Hier gibt es nichts zu sehen!"

Hans hatte das Gefühl, ihm würde das Herz vor Schreck stehen bleiben.

***

Viktor, der noch immer auf seinem Hotelzimmer im Bett lag, wusste nicht, was er denken oder fühlen sollte. Sein erster Impuls war gewesen, dass er sich an Herrn Christensen wenden sollte. Noch einmal den freundlichen, sich in allen Belangen auskennenden Mann zu kontaktieren. Mit ihm zu sprechen, zu diskutieren und zu fragen, ob es Sinn machte, Familien auf die Herausgabe von Geldern zu verklagen, die ihre Familienmitglieder einst im Krieg an sich genommen hatten.

Hast du so etwas überhaupt schon einmal gehört?, fragte er sich ehrlich. Er zuckte mit den Schultern, wischte sich erneut mit der Hand übers Gesicht und versuchte, den in ihm aufwallenden Zorn zu fokussieren. Viktor wollte ihn kanalisieren, um ihn mit aller Macht an Kate auslassen zu können.

Und dann?, fragte ihn eine um Vernunft bemühte Stimme. *Was hast du dann vor? Ohne Beweise? Willst du eine Klage auf einen Verdacht hin angehen? Eine Familie, die bis vor wenigen Wochen von ihrer Familiengeschichte überhaupt nichts gewusst hat, vor den Kadi ziehen?*

Versuche lieber, an die Unterlagen von Carmen heranzukommen.

Vielleicht sind diese ja irgendwo in den Archiven.

Vielleicht gibt es eine Möglichkeit, herauszufinden, ob die Gestapo damals den eingenähten Schmuck an sich genommen hat.

Das ist doch eine Möglichkeit, oder nicht?

Viktor nickte.

Er seufzte und versuchte, sich abzulenken. Als er mit seinem Anruf im KZ scheiterte, weil ihm eine freundliche Mitarbeiterin sagte, dass Herr Christensen heute frei habe, sie ihm aber gern eine Nachricht hinterlassen würde, begann Viktor zu verzweifeln.

„Sehr freundlich", sagte er, schüttelte den Kopf und legte auf. Er griff, aus einem Reflex heraus, wieder in die, ihn von Caro ausgehändigte kleine Briefbox, in der er die letzten Wochen und Monate so oft gewühlt und so oft gelesen hatte.

Immer in der stillen, in der verzweifelten Hoffnung, einen Hinweis zu finden, dass Carmen den Familienschmuck irgendwo vergraben hatte oder ihn irgendwo deponiert hatte, und Viktor nichts anderes zu tun brauchte, als zu jenem bestimmten Ort zu gehen und die Wertgegenstände an sich zu nehmen.

Er griff nach dem Brief, der der letzte gewesen war, bevor der Kontakt zu ihr gänzlich abgebrochen war.

Viktor las:

Schwesterherz,
ich schreibe dir, in der Hoffnung, dass Hans die Briefe, die ich an dich schreibe, wirklich weiterleitet. Auch wenn ich der Meinung bin, dass er sich verändert hat, eine Wandlung in ihm vonstattengegangen ist, weiß ich nicht, ob er für eine Zigeunerin solche Mühen auf sich nimmt.
Aber ich hoffe es. Sehr sogar.
Denn ich bin mir sicher, dass Liebe große Hindernisse bereiten kann, aber auch die größten Mauern einreißen kann ...

***

Hans erstarrte.

Er drehte langsam, in einer ihm noch nie widerfahrenen Trägheit den Kopf, versuchte aus den sich vor seinen Augen verschwimmenden Szenarien das eine oder andere klar umrissene und in scharfen Konturen gezeichnete Bild herauszufiltern. Nicht wie jetzt, wo er meinte, ein Gemälde zu betrachten, dessen Farben und Formen dabei waren, ineinander zu zerfließen.

„Verschwinde", rief der Mann und riss Hans damit aus seiner Erstarrung.

Er wusste nicht, was er denken oder fühlen sollte. Hans merkte nur, wie ihm die Knie weich wurden. Wie sich Hunderte von Gedanken hinter seiner Stirn sammelten und sie allesamt brüllten und schrien: *Das war es jetzt. Sie haben dich! Du bist ihnen in die Falle gegangen. Sie wollten dich holen, und jetzt haben sie dich.*

„Hast du was an den Ohren, Mann? Hau ab, habe ich gesagt!"

Der Mann kam drohend auf Hans zu, der daraufhin einen Schritt zurückwich und die Hände schützend hob, weil er dem erwarteten Schlag mit dem Holzstock entgehen wollte.

„Ich … ich … habe nichts gesehen", sagte er und war dann stolpernd auf die Straße getreten. „Mich … mich geht das alles gar nichts an."

Der Mann betrachtete ihn prüfend. Es wirkte einen kurzen Augenblick lang so, als würde er sich irgendwelche ihm gezeigten Fotografien, Bilder, irgendetwas, was seine Erinnerungen in Gang setzte, ins Gedächtnis zu rufen versuchen. Als meldete sein Verstand sich bei ihm, mit dem Hinweis, dass sie auch einen gewissen Hans Meyer finden und festnehmen sollten. Dass der Mann, den er da gerade so barsch wegscheuchte, eine gewisse Ähnlichkeit mit ihm hatte. Dass er aussah, wie der Gesuchte, der es gewagt hatte, einer Zigeunerin Unterschlupf in seinem Haus zu gewähren.

Nur um dann, als er die Musterung fortsetzte, den Schlagstock weiterhin drohend erhoben, einen Ruf zu vernehmen.

„Hausdurchsuchung!"

Der Mann drehte sich herum, deutete mit dem ausgestreckten Zeigefinger auf den nun die Mitte der Straße erreichenden Hans und schrie: „Hau ab! Ich will dich hier nicht mehr wiedersehen!"

Hans nickte eifrig und stolperte davon; das Wissen in sich, dass die Kinder ebenso verloren waren, wie ihre Mutter ...

***

„Was hast du jetzt vor?", wollte Olivia wissen, als Kate versuchte ihrem Kummer und Schmerz, ihrer Überraschung irgendwie Herr werden zu wollen. „Ich meine, viel zu erledigen hast du ja nicht mehr dort, oder?"

Kate, die den Kopf schüttelte, obwohl sie wusste, dass Olivia die Geste nicht sehen konnte, flüsterte: „Es ist noch so vieles nicht geklärt."

„Was denn? Du hast herausgefunden, dass Hans nicht der war, für den du ihn gehalten hast. Dass er Carmen Unterschlupf gewährt und dass er versucht hat, Deutschland zu verlassen. Was ihm ja gelungen ist."

„Aber wer bin ich?", wollte Kate wissen, die sich mit einem Seufzer auf die Kante ihres Bettes fallen ließ.

„Kate Speller", half Olivia ihr.

„Aber wer bin ich wirklich?"

„Wie ... wer bist du wirklich?"

„Ich bin nicht von Opas Fleisch und Blut", meinte Kate und hob den Kopf. „Ich gehöre einer anderen Familie an."

„Äh, okay", meinte Olivia, die dem Gedankensprung ihrer Freundin nicht folgen konnte. „Was soll das jetzt genau heißen?"

„Ich muss herausfinden, wer wir wirklich waren."

Olivia versuchte es mit einem Scherz: „Eine Amerikanerin, die schnell nach Hause muss, um ihre Aussage hier zu wiederholen und uns allen dabei ins Gesicht zu schauen, damit wir uns selbst davon überzeugen können, dass sie nicht verrückt geworden ist."

„Ich muss meine Familie ..." *Es* machte *klick* in ihr, und ließ sie kurz stocken, bevor sie weiterredete, „kennenlernen. Die Familie, die den Krieg überlebt hat. Die, die wissen muss, wie es den Mädchen", noch ein *Klick,* gefolgt von einem gedanklichen *Rums,* „ergangen ist, die einst nach Amerika gebracht worden sind. Ihr Familiengeheimnis muss gelöst werden und ich bin der Knotenpunkt dabei." Sie schüttelte den Kopf, schluckte schwer und meinte dann: „Warte mal. Was hast du gerade gesagt?"

„Dass wir uns persönlich davon überzeugen müssen, dass du nicht verrückt geworden bist", entgegnete ihre Freundin.

„Das andere meine ich."

„Keine Ahnung. Das mit der Aussage?"

„Eine Aussage, natürlich!" Kate schlug sich mit der flachen Hand klatschend gegen die Stirn. „Sie hat eine Aussage gemacht und eine Behauptung aufgestellt. Das ist es!"

„Das ist *was*?" Olivia klang verwirrt.

„Bei ihrer Zeugenaussage hat sie Carmen des Diebstahls beschuldigt", stieß Kate aufgeregt hervor. „Sie hat behauptet, bestohlen worden zu sein. Sie ist die Diebin! Sie hat es an sich gebracht."

„Wer hat was an sich gebracht?"

Kate rief: „Ich kann die Familie wieder zusammenführen. Olivia, ich kann helfen."

Kapitel 6

Familienzusammen-führung

Die Nacht hatte sich über Hans Haus gelegt.

Tiefe Schatten, die er mit dem bloßen Auge kaum durchdringen konnte, umgaben ihn.

Die letzten beiden Tage waren für ihn die Hölle gewesen. Immer wieder hatte er sich versteckt, hatte sich bedeckt gehalten, hatte versucht, mit niemandem in Kontakt zu kommen, geschweige denn, auf sich selbst aufmerksam zu machen.

Er wusste, dass die Nachbarn auf alles achteten.

Dass ihre Blicke überall lauerten, überall nach verdächtigen Bewegungen und Personen Ausschau hielten.

Sie alle waren besorgt.

Sie alle waren bekümmert.

Niemand wollte in das Fadenkreuz der Gestapo geraten. Nicht einer auch nur den Anschein erwecken, er würde den vorgegebenen, vom Führer und seinen Speichelleckern einmal eingeschlagenen Weg nicht mitgehen wollen.

Dabei mehrten sich die Luftangriffe auf Hamburg.

Der große Feuersturm, der über sie alle hinweggeglitten war, der die einst so stolze Hansestadt so schwer getroffen hatte, steckte ihnen allen noch in den Knochen. Dazu die schlechten Nachrichten von der Front. Immer wieder sickerten Gerüchte durch, dass in Russland die siebte Armee unterzugehen drohte. Dass im Westen, in der Normandie, der Sturmlauf auf Deutschland erfolgreich stattgefunden hatte.

Es schien so, als würde das fragile Gebilde aus Hass, Stolz und Größenwahn in sich zusammenbrechen.

Ein kurzer, heftiger Gedanke in ihm schrie: *Dann warte ab. Warte, bis sich alles in Wohlgefallen aufgelöst hat. Wenn der Krieg mit einer Niederlage enden kann, wie du es zu hören bekommen hast, musst du nicht mehr weglaufen. Musst du Deutschland nicht verlassen.*

Hans spürte das innere Brennen, den bitterheißen Schmerz in sich aufsteigen, als er begriff, dass seine eigene Gefühlswelt bis jetzt noch nicht damit abgeschlossen hatte, dass er dabei war, eine Flucht aus der Heimat vorzubereiten. Dass er sich wirklich gegen das Regime zu stellen begann, dem er seit über zehn Jahren so heiß und innig folgte. Das ihm seit seiner jüngsten Kindheit weisgemacht hatte, er als Deutscher wäre allen anderen Rassen und Völkern haushoch überlegen. Das einen Glauben in ihm festgesetzt hatte, der unerschütterlich auf den Sieg gesetzt hatte, als die Wehrmacht Polen überfiel und sie in wenigen Wochen zur Kapitulation gezwungen hatte.

Wie er jubelte, wie er schrie, als er hörte, dass im Westen die ersten Erfolge verbucht worden waren. Dass Paris ebenso erobert war, wie der Rest von Frankreich.

Jetzt war es ihm – egal?

War es so?

Hatte er sich gedanklich tatsächlich so sehr gedreht, dass er all diese einst in sich aufsteigenden Gefühle nicht mehr ernst nehmen konnte und wollte? Dass es ihm gleich war, dass er belobigt worden war? Dass Kommandant Pauly ihm ernsthaft vorgeschlagen hatte, aus den unteren Dienstgraden auszutreten und eine Offizierslaufbahn einzuschlagen?

Hatte er sich über diese, heute hohl und leer klingenden, für ihn keinerlei Bedeutung mehr habenden Worte ernsthaft gefreut?

Die mich dazu gebracht haben, das letzte halbe Jahr Kontakte zu knüpfen, die es schaffen, mich aus diesem schrecklichen Land hinauszubringen.

Die Kinder, Carm...

Seine Gedanken kamen ins Stocken und rissen ab. Einem Faden gleich, den man mit voller Kraft vom Jackenärmel abriss.

Carmen war Geschichte. Sie hatte er verloren. Die bitteren Tränen, die er die letzten beiden Tage ihretwegen vergossen hatte, die nicht versiegen wollten, die immer wieder ausbrachen, stiegen ihm erneut in die Augen. Er spürte den unangenehmen Druck des Verlustes in sich aufsteigen. Er merkte, wie alles in ihm erneut ins Schwanken geriet.

Erst als er sich zwang, seine Gefühle zu unterdrücken, dem lauten, aus seiner Kehle dringenden Schluchzer keinen weiteren folgen zu lassen, konnte er sich wieder konzentrieren. Nicht gut, nicht ausreichend, nicht so, wie er es gern gewollt hätte. Aber da war in ihm etwas gewesen, bevor die Gefühle ihn erneut zu übermannen drohten.

Die Kinder.

Hans wusste, dass er ihretwegen wiederkommen musste. Dass er es ihnen schuldig war.

Weil ich einst die Waffe gehoben und einem Mann in die vor Schreck geweiteten Augen geschaut habe, während meine Kameraden mich anfeuerten, mich ermutigten, mir das Gefühl gaben, höher als jemand anderes zu stehen. Weil ich den Rückstoß meiner Waffe spürte, als ich abdrückte. Ich habe gesehen, wie die Augen des Mannes brachen, als meine von meiner Hand abgefeuerte Kugel in seinen Kopf drang.

Mörder, wisperte sein außer Kontrolle zu drohen geratender Verstand. *Du bist ein Mörder. Ein hinterhältiger, feiger Mörder. Das Blut klebt an deinen Händen. Es ist nicht abwaschbar. Du hast getötet. Kalt. Berechnend. Für zwei zusätzliche Urlaubstage.*

Was wäre aus ihm geworden, wärst du ihm nicht begegnet?

Jedes Leben, dachte er, während er, im Schutze der Dunkelheit geduckt, den Kopf zwischen die Schultern nehmend, über die Straße auf sein Haus zu huschte.

Jedes Leben, kamen ihm wieder die Worte in den Sinn, die ihn heimsuchten, bei Tag und bei Nacht. Die er nicht abschütteln konnte, egal was er versuchte. Die ihn bis nach Hamburg selbst gebracht hatten, per Anhalter, mit der Dampflokomotive und der immerwährenden Angst, jemand könnte ihm längst auf den Fersen sein.

Was, wenn es nicht so schnell vorbei ist, wie es manchmal heißt?, kam ihm ein anderer, ebenso massiver wie unverrückbarer Gedanke in den Sinn. Ein tonnenschwerer Geistesblitz, den er nicht mehr zurückdrängen konnte, wie die in seiner Seele tobende Verzweiflung, er wäre ein Verräter an Volk und Vaterland. *Du kannst nicht mehr ausharren. Es ist unmöglich. Was, wenn die Kämpfe sich weiterziehen? Die Wehrmacht doch noch siegt und den Gegner zurückdrängt?*

Dann hast du aufs falsche Pferd gesetzt.

Hans, du musst Deutschland verlassen, wenn du das Leben der Kinder und deines retten willst.

Du musst ... loslassen.

Die letzten Monate waren für ihn aufreibend gewesen. Zermürbend.

Bis zu jenem Tag, als er endlich den Mann gefunden hatte, den er gesucht hatte. Der ihm die Möglichkeit bot, dass er mit Carmen und den Kindern Hamburg und Deutschland verlassen konnte. Der ihm versicherte, waren sie erst einmal auf der Elbe, an Neuwerk vorbei, würde für sie ein neues Leben beginnen.

Die Kosten für die Überfahrt, das Schleusen, all diese Ausgaben hatte Hans vor zwei Tagen entrichtet.

Um dann in die Hölle gestoßen zu werden.

Er schluckte, als er den Eingang seines Hauses erreichte, er die Luftabwehrsirenen aufheulen hörte.

Es geht wieder los, dachte er und war insgeheim glücklich darüber, dass er den schrillen, nervenzerreißenden Ton der Sirenen vernahm.

Denn er hoffte, dass seine Nachbarn sich jetzt in ihren Häusern, den Kellern, oder den Untergeschossen ihrer Wohnungen verbargen und keine Zeit dafür hatten, die

Straße auszuspähen oder verdächtige Bewegungen auf den Nachbargrundstücken zu entdecken.

Hans öffnete die Tür mit einer schnellen, ihm ins Blut übergegangenen Handbewegung.

Er trat ein, nahm den muffigen, abgestandenen Geruch wahr und wollte keinen Blick zu jenem Platz werfen, wo die Männer, als Zeichen ihrer Stärke, Wotan erschossen hatten. Er huschte durch das Haus und rief die Namen der beiden Mädchen. Seine Worte mischten sich mit den ersten dumpfen, in der Ferne aufkommenden Geräuschen der Flakabwehrgeschütze. Dazu das unangenehme, ihm immer wieder eine Gänsehaut über den Rücken jagende Pfeifen aus dem Himmel, von den in die Stadt fallenden Bomben.

Dieses *Pfffffiiiiifffff* gefolgt von einer schweren, die Erde beben lassenden Detonation.

„Kinder", wisperte er und rief dann lauter, als er das Krachen und Scheppern von einschlagenden Bomben in der Ferne hörte. „Kinder, ich bin es. Hans. Seid ihr hier?"

Er eilte die Treppe zum ersten Stock hinauf, nahm immer zwei Stufen auf einmal, überbrückte das kurze Stück hin zur Luke des Dachbodens.

Er öffnete sie, kletterte die wie von selbst aus ihrer Verankerung rutschende Treppe hinauf.

„Kinder", flüsterte er, kroch geduckt auf allen vieren zu dem Versteck, das er als Kind selbst immer gern genutzt hatte. Das er gebraucht hatte, um der Härte seines Vaters und der Strenge seiner Mutter entkommen zu können.

„Kinder", sagte er wieder, nannte seinen Namen, flüsterte, dass er ihnen helfen, dass er sie retten wollte. Er öffnete den gut verborgenen Verschlag und stieß einen Schrei der Erleichterung aus, als er im Dämmerlicht erkannte, wer sich da im Versteck aufhielt.

***

„Sie ist nicht hier, nein", sagte die Inhaberin der Pension, in der Kate abgestiegen war, was Viktor den Mund verziehen ließ. „Aber ich kann ihr gern etwas ausrichten, wenn Sie wollen", bot die ältere Dame mit dem freundlichen Lächeln an. „Soll ich?", fragte sie, als Viktor nicht gleich auf ihr Angebot einging.

Er fühlte sich hin und her gerissen.

In ihm kämpften zwei Seelen in seiner Brust.

Eine wollte die, sich in ihm wie im Karussell drehenden, Gefühle unterdrücken, die sich ausschließlich mit Kate befassten. Die ihm zuschrien, ach was, kreischend entgegen brüllten, dass er sich nicht wie ein Trottel benehmen sollte. Dass er seine Wut auf die falsche Person fokussierte. Dass Kate nicht die war, die es verdient hatte, seinen Weltschmerz abzubekommen.

Die andere Stimme, die Stimme, die darum bemüht war, Frieden in ihn zu bringen, erinnerte ihn an die gelesenen Worte.

Daran, was Carmen, selbst in der größten Not, in der ein Mensch nur stecken konnte, geschrieben hatte.

Liebe kann Mauern einreißen.

Will ich Mauern einreißen?, fragte seine skeptische, wilde, von Zorn gezeichnete Stimme.

Du hast nie einen Grund gehabt, wütend zu sein, entgegnete die sanfte, ruhige, auf den Schwingen der Liebe getragene Stimme. *Wärt ihr beide ehrlich zueinander gewesen, hättet ihr erfahren, wer ihr seid.*

„Ja, bitte", hörte er sich selbst sagen. „Hinterlassen Sie eine Nachricht ..."

***

„Miss Speller, mit Ihnen habe ich nicht mehr gerechnet, ganz ehrlich nicht", sagte Schäfer, der die Tür zu seinem Büro geöffnet hatte, und verwundert gegen die hoch am Himmel stehende Sonne anblinzelte. „Was kann ich Gutes für Sie tun?"

„Der Schmuck, in der Vitrine."

„Was ist damit?"

„Wären Sie bereit, ihn an den rechtmäßigen Besitzer zurückzugeben?"

Er schaute sie verwundert an.

„Ich glaube zu wissen, wem er gehört", sagte sie.

***

„Außer Spesen nichts gewesen, würde ich sagen", meinte Christian mit einem Viktor provozierenden Unterton in der Stimme, den er schon als Kind abstoßend gefunden hatte. Der ihn so sehr in Rage gebracht hatte, dass er seinem älteren Bruder einen Schwinger direkt auf die Nase verpasst hatte. Aber jetzt, wo er Christian am Telefon hatte und zu Tode betrübt war, er einfach nur eine Stimme hören wollte, von der er Trost erwartete, war ihm jeglicher Unterton in den Worten seines Bruders egal.

„Dafür habe ich eine Frau kennengelernt", murmelte Viktor, der sich zurück zum Zollenspieker begeben hatte, um noch einmal über den Deich spazieren zu können. Den Blick auf die Elbe gerichtet, einen der unzähligen Lastkähne dabei beobachtend, wie er sich träge gegen die Strömung den mächtigen Fluss hinauf kämpfte.

Während er müde einen Fuß vor den anderen setzte, er nicht wusste, was er tun sollte, kam es ihm so vor, als würde er die um ihn herum herrschende Idylle nicht mitbekommen. Weder die sich lachend unterhaltenden Menschen, die sich bei einem Eiswagen ihre Kugeln kauften, noch die, die mit ihren Hunden spazieren gingen oder mit ihren Motorrädern mit der Fähre den Fluss überqueren wollten.

Viktor nahm nichts davon wahr.

Nur den sich durch seinen Körper langsam ausbreitenden, dumpfen Druck, einhergehend mit dem Wissen, dass er einen Fehler begangen hatte.

Den er jetzt selbst lächerlich fand.

Warum hatte er nicht einfach nur dagestanden, hatte Kate angeschaut und mit einer flapsigen, lockeren Handbewegung gesagt: „Ach, sieh mal einer an. Dann ist der vermeintliche Mörder meiner Tante gar nicht der Bösewicht, sondern der Mann, der ihre Kinder gerettet hat. Zufälle gibt's."

Und er?

Er benahm sich wie ein Kind, das nicht wusste, wie es mit einer plötzlichen Überforderung klarkommen sollte.

„Was denn für eine Frau?"

„Die Nachkommin des Mannes, der Uromas Nichten mit nach Amerika genommen hat.“

„Sie haben überlebt?“, wollte Christian wissen. „Sie sind nicht im Holocaust ums Leben gekommen?“

„Nein, er hat beide gerettet. Sie haben geheiratet und Kinder bekommen, die wiederum Kinder in die Welt gesetzt haben.“

„Das heißt ...“

„Wir haben Verwandtschaft in Amerika, die nicht einmal weiß, dass es uns gibt, genau. Und ich bin dabei mich in eine Frau zu verlieben, der ich die Schuld dafür geben will, dass alles so gekommen ist, wie es ist. Oh mein Gott, ich will ihr sogar die Schuld dafür geben, dass unser Leben so gelaufen ist, wie es ist. Stell dir mal vor, ich Idiot, habe echt gemeint, uns würde es besser gehen, wenn wir den Schmuck damals nicht an die Nazis verloren hätten.“

„Hast du gerade verliebt gesagt?“, unterbrach Christian den Redeschwall seines Bruders.

Viktor stockte.

Ihm kam ein „Äh“, über die Lippen.

„Hast du gesagt ...“, gab Christian sich selbst die Antwort und stürzte Viktor in eine Verwirrung, der er nicht Herr werden konnte. Die er dadurch zu überbrücken versuchte, indem er stammelnd sagte: „Ich ... ich ... ich ... wollte auf sie böse sein. Auf sie, die Vergangenheit. Alles, o... o... oder?“

„Verliebt.“

„Ich ...“

„Bist du es, oder bist du es nicht?“, wollte Christian wissen, der plötzlich eine für Viktor unbekannte

Wärme in der Stimme trug, die er mit offenen, inneren Armen willkommen hieß.

„Ja, bin ich", sagte er. „Ich liebe sie."

„Du liebst mich?"

Viktors Augen weiteten sich.

***

Kate hatte nicht gedacht, dass sie Viktor verstehen würde. Dass es ihr möglich war, dass diese Laute, die die Deutschen eine Sprache nannten, einmal klar und verständlich in ihr Ohr dringen würden. Aber als sie vorsichtig, schüchtern, nein, sogar ängstlich, auf den auf der Bank hier am Zollenspiecker sitzenden Viktor zugegangen war, hatte sie die drei schönsten Wörter, die ein Deutscher sagen konnte, ganz genau vernommen. Sie hatte gehört, wie sie seinen Mund verließen und hatte, instinktiv gewusst, dass sie es war, die er damit meinte.

Jetzt, wo sie vor ihm stand, sie sein erschrockenes Gesicht sah, sie erkennen konnte, wie er langsam das Handy vom Ohr nahm, sie mit einem verblüfften Gesichtsausdruck anschaute, stieg ein wohlig warmes, nie gekanntes Gefühl in ihr auf. Ein Hauch Glücksgefühl, gefolgt von einem irrationalen Gedanken, der ihr zuflüsterte: *So ist es im Fernsehen auch immer.*

Sie lächelte hilflos, als sie einen Schritt auf ihn zumachte, als sie den Kopf schief legte und noch einmal fragte: „Du liebst mich?"

„Ich ... ich ...", setzte er an, machte ein hilfloses Gesicht, um dann zu sagen: „Seit dem Moment, als ich dich aus dem Taxi habe steigen sehen."

215

Sie machte einen weiteren Schritt auf ihn zu, meinte immer noch sich verhört zu haben, konnte nicht glauben, dass es auf der Welt auch nur einen Menschen gab, der ihr ernsthaft aus freien Stücken sein Herz schenken wollte.

„Ich habe mich wie ein Trottel benommen", sagte Viktor, als er sich von der Bank erhob, das Handy in die Hosentasche steckte, sich nicht darum kümmerte, dass der, der an der anderen Seite der Leitung saß, weggedrückt worden war. „Ich weiß auch nicht, was in mich gefahren ist."

„Die Vergangenheit tut manchmal weh", sagte sie. „Und sie lässt uns nicht sehen, wer wir sind."

„Aber jetzt siehst du dich?"

„Ich sehe *uns*", erklärte sie. „Ohne das, was geschehen ist, wären wir nicht hier."

„Wir würden uns nicht …", er schaute sie an und fragte sie: „Mögen?"

„Uns mögen, ja", flüsterte sie und hoffte inständig, dass er ebenso wie sie wollte, dass sich ihre Hände berührten.

Das …

Sie seufzte erleichtert auf, als sie begriff, was er da tat. Als sie verstand, dass er wirklich das tat, was sie sich die ganze Zeit über gewünscht hatte. Was sie sich ausmalte, wenn sie allein in ihrem Bett in der Pension lag und durch eine Fülle an Gedanken nicht in den Schlaf fand. Dass sie sich verloren fühlte, in all den Informationen, in all den ganzen auf sie einstürzenden Eindrücken.

Und dass es da eben doch in ihr etwas gab, bei all ihrer manchmal in ihrem Kopf vorherrschenden Verwirrung ... ein klares, wie ein Licht in der Dunkelheit leuchtendes Schimmern.

Viktor.

Der Gedanke daran, dass sie sich an einem sonnendurchfluteten Tag gegenüberstanden, er die Hand nach ihr ausstreckte, so wie er es jetzt tat, und sie sanft und doch mit Nachdruck, an sich heranzog, sie anschaute, sie anlächelte, ihr einen Blick in seine herrlich schwarzen Augen gestattete.

Und dass er mich küsst, dachte sie. *Er mich endlich küsst.*

Ihr wurden die Knie weich, als sie seine Lippen auf den ihren spürte.

***

Beaufort, South Carolina, USA, heute:

„Du möchtest *was*?", fragte ihre Mutter Kate mit einem verwunderten Gesichtsausdruck, als sie hörte, was ihre Tochter von ihr wollte. Das immer auf ihren Lippen liegende, dieses versonnene, hübsche Lächeln, war ihr nicht abhandengekommen. War nicht zu einer Grimasse geworden, wie Kate zuerst angenommen und befürchtet hatte. Es vertiefte sich, wurde zu einem sinnigen, sich für ihre Tochter freuenden Schmunzeln, das Kate das Herz in Liebe zu ihrer Mutter höherschlagen ließ.

Sie fragte: „Wäre das okay? Ich meine, dann können wir vielleicht eine Kleinigkeit tun, um Uropas Schuld zu begleichen."

„Was meinst du damit?", wollte ihre Mutter wissen, die zu ihrem am Grill stehenden Mann schaute, der gerade dabei war mit der Grillzange, schnaubend und nicht verstehend, gefüllte Zucchini umzudrehen.

„Solange unser Kind glücklich ist und nicht in Deutschland heiratet."

„Papa", rief Kate.

„Wer heiratet?", wollte Paris wissen, die mit Roger und Sparky auf der anderen Seite des Tisches saß. „Du etwa?"

„Nein", sagte Kate und lachte.

„Zum Glück", erwiderte ihr Vater. „Das würde ich nicht auch noch überstehen. Das wäre mir zu viel. Ich meine, das hier", er machte ein betrübtes Gesicht, „sollte nicht auf meinem Grill liegen."

„Das ist gesund."

„Es ist grün", rief ihr Vater klagend und weinerlich, von einer Trauer erfüllt, dass Kate sich genötigt fühlte, aufzustehen und zu ihm zu gehen, um ihn in den Arm zu nehmen.

„Ich liebe dich, Papa", sagte sie und gab ihm einen Kuss. „Ich finde es toll, dass du anfängst, auf deine Gesundheit zu achten."

„Mama achtet auf meine Gesundheit", klagte er, schüttelte den Kopf und legte den Arm um die Schultern seiner Tochter und fragte sie: „Du willst es wirklich, ja? Du möchtest es von ganzem Herzen? Du weißt, was dir dann entgeht?"

„Es ist doch nur Geld, Dad. Es ist nicht wichtig."

„Nicht wichtig", schnaufte er, drückte seiner Tochter ein Küsschen auf die Stirn und seufzte. „Dann ist es eben nur Geld. Ich überweise deinen Erbanteil noch heute Abend nach Deutschland und helfe Viktors Familie, deren Laden zu halten."

„Du bist der Beste.“

„Nur, weil du mich dazu machst, mein Engel.“

***

„Du bist verrückt“, rief Viktor durchs Telefon hindurch. „Völlig ballaballa!“

Kate schaute verwundert. „Ich bin *was*?“

„Plemplem, ballaballa, durchgedreht. Du kannst uns doch nicht so viel Geld geben.“

„So musst du das Erbstück deiner Tante nicht veräußern. Ich meine, es ist das Bindeglied unserer Familien. Es wäre schade, wenn es in Geld umgesetzt wird, und Uropa hat viel gespart und das Haus erzielt auch einen guten Preis. Lass mich dir helfen, bitte.“

„Ich ... ich ... ich weiß nicht, was ich sagen soll.“

„Unterschreibe den Kreditvertrag nicht. Zerreiße ihn.“

„Darauf kannst du Gift nehmen. Aber sowas von. Kate?“

„Ja?“

„Ich liebe dich.“

„Ich dich auch“, sagte sie lächelnd und fand, egal wie oft Viktor es zu ihr sagte, dass es sich niemals abgenutzt anhörte.

„Und das alles, weil dein Urgroßvater damals die große Kehrtwende gemacht hat. Warum er es getan hat, würde mich wirklich interessieren. Warum er plötzlich seine Ansichten geändert hat.“

„Ja, das würde mich auch interessieren. Sehr sogar.“

***

Hans, der vor der Pauli und Petri Kirche stand und die Menschen dabei beobachtete, wie sie bei Kaffee Möller ein und ausgingen, nahm das Rascheln des Papieres nur am Rande wahr.

In Gedanken versunken, daran denkend, was noch vor ihm lag und was er alles in seinem Leben erreichen wollte, drangen die unterschiedlichsten Geräusche nur spärlich an seine Ohren. Er nahm das Rauschen der Bille wahr, die durch die Schleuse sprudelte, hörte, dass einige Menschen auf der Wiese vor dem Bergedorfer Schloss musizierten, sangen und den sommerlichen Tag ebenso genossen wie er.

Er, der in seiner schnieken Uniform dastand, sich bewusst, dass ihm einige der Damen anerkennende Blicke zuwarfen, während die Männer ihn mit Stolz betrachteten. Von denen einer ihm sogar den gereckten Daumen schenkte, der Hans mit solch einem Stolz erfüllte, dass er seine einmal getroffene Entscheidung in die SS einzutreten, nicht bereute.

Ganz im Gegenteil.

Endlich war er jemand.

Das Gefühl, eine bedeutende Wichtigkeit zu haben, durchflutete ihn von Tag zu Tag mehr.

Nicht nur, dass er im KZ, in dem er arbeitete, Freunde gefunden hatte – gute Freunde – die mit ihm durch dick und dünn gingen, ihm war es auch leichtgefallen, Greta in einem Tanzlokal in der Lohbrügger-Landstraße anzusprechen.

Er war auf sie zugegangen, hatte eine Verbeugung angedeutet und mit vor Stolz schwellenden Worten gesagt: „Hiermit fordere ich dich zum Tanz auf.“

Greta, von einer ihn einschüchternden Selbstsicherheit besessen, hatte ihn anerkennend gemustert. Ihr Blick war über sein stattliches Erscheinungsbild geglitten. Sie hatte sein makelloses, hübsches Gesicht betrachtet, hatte sich kurz in seinen himmelblauen Augen verloren, um ihm dann wohlwollend zuzunicken und säuselnd zu sagen: „Mit dem größten Vergnügen.“

Sie hatte ihm die Hand hingehalten, und sich von ihm sanft in die Höhe ziehen lassen.

Wir haben die ganze Nacht getanzt, erinnerte er sich daran zurück, lächelte dabei und spürte, wie ihn etwas am Bein berührte. Es war nur ein Hauch, zart, kaum wahrnehmbar, und dennoch so aufdringlich, dass er den Kopf senkte, und die Vergangenheit in seinen Gedanken pausieren ließ.

Er sah das Blatt, das eben noch in dem Gebüsch der Kirche gelegen hatte, wegwehen. Von einer sanften, sommerlichen Brise getrieben, kam es keinen Meter vor ihm liegend zur Ruhe.

Hans machte einen Schritt nach vorn und bückte sich.

Er wusste, dass auf vielen der in Umlauf geratenen Flugblätter sozialistische Propaganda stand. Dass diese sich noch frei bewegenden Kommunisten daran interessiert waren, deutschlandtreuen Menschen unausweichliche, schreckliche Flausen in den Kopf zu setzen, indem sie von der Gleichheit der Völker sprachen. Von einer Auferstehung des guten Willens und dass sie alle gleich waren.

Was lächerlich war.

Total irrational.

Jeder, der klar bei Verstand war, wusste, dass es nur eine überlegene Rasse in Europa gab. Nur eine Menschengruppe, die dazu bestimmt war zu herrschen und die Welt zu einem besseren Ort zu machen.

Hans war davon überzeugt.

Er konnte sich nichts anderes mehr vorstellen, als zu den Siegern des Lebens zu gehören.

Hatte sein Kommandant nicht erst vorgestern, als er die Mannschaften antreten ließ, und die Belobigungen mit lauter, krachender Stimme verlas, genau das von sich gegeben? Dass sie hier, im KZ-Neuengamme genau die Taten vollführten, um die Welt von dem Übel des Bösen zu befreien? Dass sie endlich die Maschinerie errichtet hatten, um dem Gesocks der Straße zu zeigen, wohin es gehörte?

Hatte er nicht Hans Nachnamen mit solch einer Inbrunst vorgelesen und seine guten Taten benannt, die er in der Erfüllung seiner Pflicht verübt hatte?

Ja, das hatte er.

Kommandant Pauly war stolz auf Hans gewesen.

Er hatte ihn aus dem Pulk der Menschen vortreten lassen, hatte ihm einen kleinen, sauberblinkenden Orden an die Jackentasche seiner Uniform gesteckt und gemeint: „Gut gemacht, mein Junge. Ich bin stolz auf dich."

Dabei war in Hans etwas entstanden, das er niemals im Leben geglaubt hatte erleben zu dürfen.

Innere Zufriedenheit.

Seine Unsicherheit, mit der er sein ganzes Leben lang zu kämpfen gehabt hatte, war gänzlich verschwunden gewesen. Sein schüchternes Lächeln, das er anfangs immer an den Tag gelegt hatte, wenn er mit seinen Kameraden redete, sich anhören musste, wie sie mit Frauen schliefen, was sie für Pläne hatten, um Mädchen um den Finger zu wickeln, war der puren Selbstsicherheit gewichen.

Und gerade deshalb, weil er seine innere Zufriedenheit, das Gefühl der Überlegenheit nicht mehr verlieren wollte, bückte er sich nach dem nach Propaganda aussehenden Stück Papier.

Er packte es, warf einen flüchtigen Blick darauf, und verzog den Mund.

Nicht spöttisch. Nicht abwertend. Nicht wertend.

Nur verwirrt.

Er hatte die feinsäuberlichen auf das weiße Papier gedruckten, schwarzen Buchstaben noch gar nicht aneinandergereiht, als er merkte, wie in ihm etwas in Schieflage zu geraten begann. Die sorgsam in ihm geölte Maschinerie deutscher Selbstverständlichkeit geriet ins Stocken.

Hans, der sich über sich selbst wunderte, der nicht begriff, wie es sein konnte, dass sich plötzlich ein schwerer, unangenehmer Druck in seinem Magen ausbreitete, starrte weitere drei Sekunden auf das Blatt Papier. Er formte die Worte wieder und wieder in seinem Verstand nach und meinte im gleichen Augenblick in eine moralische Zwickmühle geraten zu sein.

Sein Innerstes, sein auf Erfolg getrimmter und von Paulys Belobigungen angefeuerter Verstand begann in ihm zu kreischen, brüllte ihm zu, dass er den Worten auf dem Papier keinerlei Glauben schenken sollte. Dass es albern war, was er da las.

Vollkommen verrückt.

Hans spürte, wie etwas in ihm ins Wanken geriet.

Als schnellte das Zahnrad eines, in ihm versteckt gehaltenen, Uhrwerks mit einem leisen, aber dennoch deutlich zu hörenden *Klick* nach vorne.

Er schluckte, als er einen verwirrten Schritt zurück machte.

Hans hob den Kopf, als er Gretas lieblich zarte Stimme hörte, die seinen Namen rief und winkend auf ihn zukam. Er zerknüllte das Blatt Papier in einer Hast, in einer nie gekannten Eile, dass es ihn selbst verwunderte. Er warf es weg, gedankenschnell, so, als drohte er sich seine Finger daran zu verbrennen.

Und doch hallte es in ihm nach.

Wieder und wieder. Ununterbrochen.

Selbst in dem Moment, als Greta auf ihn zukam, ihm winkte und sagte: „Ich habe dich so sehr vermisst."

„Ich dich auch", meinte er gedankenverloren, abwesend, sich nicht mehr richtig konzentrieren könnend.

Und alles wegen eines einfachen Satzes, der ihn nicht mehr loslassen wollte. Der flammendhell in seinem Verstand aufloderte, und angefangen hatte, sich in sein Herz zu brennen: *Jedes Leben ist es wert, gerettet zu werden.*